KB109404

딴짓해도
괜찮아

딴짓해도 괜찮아

장재용 지음

비아북
ViaBook Publisher

산우를 만나는 건 즐거운 일이다. 저자의 역경은 나와 다른 것이
지만 많은 면에서 닮았다. 글을 읽고 찔끔 고이던 눈물은 그래서
였는지 모르겠다. 발랄한 제목이라 술술 읽히겠거니, 조금 특별한
월급쟁이 스토리겠거니 생각한 건 내 오산이었다. 오전 한가한 때
집어든 그의 원고를 나는 밤늦게까지 놓지 못했다.

나는 저자와 7년 전 히말라야 산정에서 만났을 때를 기억하고
있다. 보통 마지막 정상 공격을 앞둔 원정 대원들이 그렇듯 얼굴
이 시커멓게 타 있었고 살은 빠질 때로 빠져 있었지만 내가 저자를
기억하는 이유는 그의 눈빛 때문이었다. 볼품없이 비실대던 몸에
살아 반짝거리던 눈빛이 돋보였던 청년이었다.

7년 전, 직장을 다니고 있던 저자가 어느 날 나에게 연락해 온 적

이 있었다. 에베레스트를 가겠노라 했고 나에게 사장님께 드릴 추천서를 부탁했었다. 으레 하는 말로 간단한 추천서를 써 주었는데 그 길로 히말라야에서 그를 만날 줄은 몰랐다. 당시 봤던 가냘픈 체구의 그가 나도 몇 번 고배를 마셨던 세계 최고봉을 등정할 줄은 몰랐고 이렇게 그가 쓴 책에 추천사를 쓰게 될 줄 또한 몰랐다.

비록 후배이지만 나는 저자를 존경해마지 않는다. 원고를 읽으며 '나라면 어땠을까'라는 질문을 내내 했었는데 직장을 다니며 에베레스트에 오르진 못했을 것 같다. 직장이라는 게 내 체질에 맞지 않을뿐더러 아쉬운 말 해가며, 눈치 봐가며 그러면서 또 잠을 쪼개 훈련하며…. 독하다는 말이 절로 나왔다. 그리고 발목. 저자가 절단 직전까지 갔었다는 발목의 상태를 나도 똑같이 겪어 봤기에 그 절망의 깊이를 안다. 지난 날, 안나푸르나 등반 중에 추락해 발목이 돌아간 사고를 겪은 후로 나는 등반가로서 사망선고를 받았다. 생각하기 싫었던 현실이었다. 그 절망을 빠져 나오게 한 건 책에서 저자가 말하고 있는 바와 같다. 내가 가진 꿈을 삶 밖으로 던지지 않았기 때문이다. 그 아픔을 말로 다하겠는가. 예사롭지 않았던 그의 눈빛의 비밀이었다.

온갖 딴짓을 다 해보고 딴짓이라면 일가견 있는 내가 생각하기에도 저자가 처했던 처지에 나 역시도 동병상련을 느낀다. 그러나 묵직한 이야기를 딴짓으로 치부하는 건 모기 잡기 위해 칼 빼드는 것과 같지만 내 산우(나이가 많고 적건 간에 그는 나의 동지이므로)는 글에서 진중함을 잃지 않았다. 산쟁이 철학 가득 담아 가볍게 말하지 않는 그의 문체가 매력적이다. 직장인들을 우리의 DNA로 안내하는 살가운 친절함도 잊지 않았다. 우리 산쟁이 세계에도 재용 산우와 같은 글쟁이가 있었다. 내 산우 이야기 들어보라.

2017년 9월

엄홍길

딴짓해도 괜찮아

2010년 내 아들과 함께 에베레스트를 오를 때 나는 장재용과 같이 동락했다. 에베레스트 베이스캠프, 세상에서 가장 척박한 곳에서 나는 그의 캠프에 수시로 들러 그의 동료들과 이야기 나누고 밥을 같이 먹었다. 그때 나는 한 번에 알아봤다. 이 팀은 성공하겠구나.

나의 오랜 히말라야 경험은 사람에 대한 이해를 깊게 해 주었다. 내 이야기를 듣고 초롱초롱한 눈빛으로 이것저것 물어오던 재용이 얼굴이 선하다. 로체페이스 아래에서 산을 향해 숨을 고르던 그의 모습이 생생하다. 처음 겪는 히말라야, 그것도 세계 최고봉에서 얼마나 힘든 줄 알기 때문에 같이 간 아들, 내 후배에게 간식 챙겨 주던 재용이를 그래서 기억한다. 그를 키워낸 선배들과 그를 따르는 후배들은 오죽하겠는가.

　히말라야는 내 인생과 같고 수없이 올랐던 에베레스트는 내 분
신과 같다. 집 드나들 듯 했던 그곳에서 많은 사람들을 만났지만
그들만큼 따뜻했던 원정대는 없었다. 내가 매년 그들을 만나는 이
유이기도 하다. 어느 날, 재용이가 주뼛주뼛 부탁을 해왔다. 책을
낸다고, 추천사를 써달라는 부탁이 나는 그렇게 반가울 수 없었다.
일흔을 바라보는 나이에 그의 원고를 읽고 재용이가 친구 같다는
생각이 들었다. 죽을 고생을 함께한 악우(岳友)의 마음이 나이를
거슬러 통했다. 내가 재용이와 같은 나이였다면 우리는 딴짓, 하
면 서로를 떠올리는 좋은 친구가 되었을 텐데. 잘 쓰지 못하는 글
을 오랜만에 오래 썼다. 사람 잘 봤다는 생각이 든다.

　에베레스트를 함께 오를 때, 강풍이 불고 눈보라가 쳐도 작은
수첩에 기록하는 것을 멈추지 않던 재용이가 생각난다. 그 기록
이 책으로 나왔다.

등반가 허영호

딴짓해도 괜찮아

흰 산에서 70여 일을 뒹굴었으므로 약간의 동상기를 얻게 되었다. 동상기가 채 가시지 않은 손으로 세 살 아이의 조붓한 손을 잡고 부드러운 게 이런 거구나 느꼈다. 혹한의 산에서 등짝에 한기가 끊기는 날이 없었다. 그래서 모로 누워 자는 버릇이 생겼다. 어느 날, 너른 침대 모퉁이에 처박혀 낮잠을 자다 불쑥 일어났는데 방금 잔뜩 웅크리고 모로 자던 내가 처연했다. 이 버릇이 평생 갈까 나는 두려웠다.

지구에서 가장 높다는 산에서, 나날이 자란 내 수염은 손질하지 않았으므로 자라는 줄 몰랐다. 다녀와 매일 수염 깎는 게 하나의 일이 됐다. 잘 깎아 부드러워진 턱주가리를 매만지면 표면처리 된 상품이 된 것 같아 나는 불편했다.

에베레스트를 다녀와 하루를 쉬고 시커먼 얼굴을 한 채 출근했다. 월급쟁이였으므로. 거친 야생이 내 몸에서 쑥 빠져나간 것 같고 얌전할 수 없는 망아지가 매를 맞고 뒷다리를 꿇은 듯 모욕감이 스쳤으나 돌아온 현실에 겹게 잘 적응해 나가는 모습이 스스로 대견하기도 했다. 현실 적응에 안도하면서 한편으로 월급쟁이 회사인간의 삶이 슬프고 굴욕적인 데다 무기력하다 느껴지자 내 몸에서 여전히 야생의 메모리가 물리적으로 살아 작동하는 게 아닌지 잠시 각성이 됐다. 우습지만 수천 년 전 야생을 간직한 인류와의 연결이 전류를 타고 순식간에 스파크를 튀겼다가 사라지는 일이, 간간히 순간을 지배한다 생각했다.

평범했던 월급쟁이, 당시 사고로 다친 발목뼈는 붙지 않았고, 아토피로 고생하던 젖먹이 아이를 둔 젊은 아빠인 데다, 밥 먹듯 하는 야근에 끽소리 못하던 볼품없는 신참 과장이었다. 그곳, 흰 산에 있어서는 안 될 이유가 거의 전부였으나 사자의 아가리에 머리를 쳐넣는 고집을 부렸다. 구멍난 양말같이 숨기고 싶은 월급쟁이 남루한 일상이 미웠다.

시키는 일만 하다 인생 끝나겠다 싶어 단 한 번의 딴짓을 결심했다. 시시한 일상, 양말 끝을 싹둑 잘랐다. 예상치 못한 밥벌이의 단면이 튀어 나왔다. 꿈이냐 밥이냐를 놓고 입술이 부르트도록 고민하던 끝에, 눈 질끈 감았다. 어금니에 힘을 꽉 줬다. 밥벌이를 걸어

딴짓해도 괜찮아

찼는데, 아무 일도 벌어지지 않았다. 아무것도 아니었던 밥벌이의 비밀이 폭로되는 사태를 보게 되었다. 그것은 거대한 태풍, 그 부동의 중심축에 서 있는 기분이라면 맞을까. 아니라면 꿈쩍 않는 북극성과 나 사이에 선이 쫙 그어지는 느낌으로 설명될까.

생을 모두 걸어본 기억은 축복이었다. 월급쟁이로 일만 하다 늙어 갈 줄 알았던 삶은 딴짓, 일탈, 꿈이라는 친구를 만나 단박에 환해졌다. 천지 분간 못하고 세계 최고봉에 오르겠다던 객기는 어찌하여 계획대로 됐지만 지금 생각하면 사직서를 쓰니 마니 했던 용기는 어디서 생겨났는지 모른다.

그 덕에 내 졸렬함도 제대로 보았다. 신의 영역으로 들어설수록 두려움에 떠는 모습은 가관이었다. 낮아지는 산소포화도와 요동치는 맥박은 두개골을 부수어 뇌를 꺼내고 싶은 충동을 느끼게 했다. 마음은 오르기를 원했고 몸은 내려가기를 바랐다. 나는 미친 듯이 살고 싶었지만 내가 죽어 가는 모습을 목도해야 했다. 탱탱했던 피부가 늘어져 갔고 윤기 빠진 껍데기로 변하는 모습을 지켜보았다. 산소 없는 땅에 있었으므로 숨을 쉴 수 없었다. 산소통을 매고 살았지만 무생물 지대에 산소통 할아버지를 맨다 한들 지상의 1기압과 같을까. 매일 이를 부딪치며 지긋지긋한 추위를 견뎌야 했고 먹는 족족 토해내야 했다. 배가 고팠지만 먹을 수 없었다. 눈(目)에 눈빛(雪光)이 들어 눈을 떴으나 앞을 보지 못했다. 설맹이었다. 답답하고 갑갑하여 참을 수 없는 억울함에 하늘에 대고 개새끼를 소환하고 쉴 새 없이 욕지거리를 퍼부었지만 끝도 없이 이어지는 하얀 길이 나를 놀려댈 뿐이다. 고함치지만 아무도 듣지 못하는 역설의 현장, 아무것도 이해할 수 없고 아무것도 보지 못하는 곳에서 나는 내 민낯을 보았다.

월급쟁이라는 오줌통을 찬 채로 지구별 가장 높은 곳을 오르고 난 뒤, 사람들은 그래, 네 삶에 무엇이 바뀌었냐고 물어온다. 다녀온 직후엔 깡패 열 명과 싸워도 이길 것 같은 자신감이 생겼노라 떠들고 다녔다. 근거 없는 자신감이었다. 사람이 그리 쉽게 바뀌겠는가. 오늘도 이 세계에서 지엽 말단의 삶을 살고 있고, 부러진 다리는 여전하고, 월급쟁이 인생도 그대로다. 단지 시커멓게 그을렸던 얼굴과 진물 나던 입술이 제 모습을 찾았을 뿐이다.

변한 건 없다. 사람들은 나를 의지 충만하며 도전으로 점철된 삶을 사는 사람으로 여기기도 한다. 고백건대 그렇지 않다. 군이 거들자면 거대한 산을 오르기 전, 홀로 내 자신에게 그리고 이 세상에 맞버티던 붉은 무늬가 내 몸에 흉터로 남아있을 뿐이다. 밥에 굴종하지 않았던 잔다란 경험 말이다. 어디 써먹을 때도 없겠지만 낮에도 꿈꾸는 법을 배운 것은 잘 한 일이라 소심하게 자찬하기도 한다.

글을 쓰기로 한 건 또 다른 모험이었다. 명확한 메시지도 없고 중언부언하는 얼치기 글이 될 텐데 어떤 유치함이 여기까지 이끌었는지 나도 모른다. 다만 세상의 모든 월급쟁이, 평범함, 나약함과 결핍에 대한 자기연민이 대책 없는 모험을 무릅쓰게 했다. 제정신의 알몸을 드러내 보이는 부끄러운 일을 염치없이 저지른다.

장재용

차례

2장 지금이 아니면 언제란 말인가

에필로그

프롤로그

일생 동안 일만 하고 지내다가 명령에 따라 사람을 죽였고

피할 수 없는 것이면 무엇이나 달게 받았지만

마음속 어딘가에서는 손상되기를 거부했던

강인하고 씁쓸한 표정의 한 사내

- 알베르 카뮈, 『최초의 인간』 중에서

{ 나는 왜
에베레스트로 갔나

　10여 년간 경력을 쌓아 왔지만 마지막에 남은 것이라고는 화려한 파워포인트 기술밖에 없음을 알 때 우리는 무너진다. 더러는 충성도 하고 더러는 미워도 하며 무던히 회사를 다녔지만 시간은 정통으로 나를 뚫고 지나갔고 남은 건 초라한 삶의 시민성과 부동산 가격에 울고 웃는 속물근성뿐이다. 그즈음 내 삶의 화두였던 에베레스트는 살아 있느냐는 질문이었고 떠날 수 있느냐는 책문이었다. 나는 에베레스트가 던지는 질문에 진솔하게 대답하면서 그곳에 가게 됐고 덤으로 월급쟁이 정체성에 대한 약간의 비밀을 알게 됐다.

　이 세상에서 가장 위대한 것은 월급이다. 월급은 침 흘리며 자는 내 아이 입에 밥을 먹여 주고 외출을 준비하는 아내의 붉은 입술에

립스틱을 발라 준다. 내 새끼 목마른 입에 프리미엄 초코우유도 부어 준다. 조건의 인간에게 그리고 한 사람의 아비에게 제 자식 입에 들어가는 밥보다 구체적인 건 세상에 없다. 그러므로 월급은 그 어떤 힘보다 강하고 엄숙하다. 나를 살리고 내 가족을 살리는 밥과 월급이 나오는 삶의 현장인 직장은 그래서 숭고하다.

하지만 대부분의 월급쟁이에게 직장은 악몽이다. 우리가 가진 거의 모든 문제는 여기서 시작된다. 문제의 본질은 세 가지로 압축된다. 반복의 지겨움, 지시에의 굴종, 미래에 대한 두려움. 보탤 것도 없이 월급은 이를 잘 견딘 보상이다. '회사인간'에게는 사는 게 중요한 게 아니라 한 달을 잘 버티는 게 중요하다. 버티면 월급이 나오고 견디지 못하면 밥줄은 끊긴다. 그래서 월급쟁이에게 인생이란 '생산적 노예와 비생산적 자유' 사이의 고통스러운 줄타기다.

매끈한 정장, 반듯한 목소리, 예리한 눈 한편엔 두려움이 산다. 두려움의 근원은 싸워야 하는 불편함이다. 직장 상사의 눈치와 싸워야 하는 건 물론이고 어린 자식의 학원비와 싸워야 하고 마이너스 통장에도 대항해야 하며 대형마트에서는 가격표를 보고 또 봐야 하는 불편함을 수시로 견뎌야 한다. 학원비를 내지 못했는데 그걸 모르는 밝은 얼굴의 내 아이를 응시하는 일은 잔인하다. 아직 남은 대출 원리금이 내리누르는 육중한 무게는 어깨에 걸린 피곤의 중량과 같다. 월급이 들어오지 않는 생활은 상상할 수 없다.

매일 아침 몸서리치며 일어나는 생활에 월급 외엔 어떤 것도 들어설 수 없다. 달에 한 번 월급 필로폰을 맞는 그야말로 월급쟁이로 전락할 수밖에 없다. 월급쟁이는 월급을 뛰어넘을 수 있을까?

여기 두 월급쟁이가 있다. 직장을 다니며 책을 내고 세계 최고봉인 높이 8,848미터의 에베레스트를 등정하고 높이 6,194미터의 북미 최고봉 디날리에 오르는가 하면 인문학에 미쳐 신화의 현장 시칠리아로 훌쩍 떠나고 월간잡지 객원기자, 일간신문 연재 기고가, 인기 사내강사에 프로야구 개막전 시구의 주인공으로도 활약했으며, 입사 10년에 고속 승진하여 대기업 최연소 팀장에까지 오른 월급쟁이.

또 한 사람은 입사 후 6개월, 신입사원 티를 채 벗기도 전에 다리가 부러지는 사고로 두 달을 입원하며 문제 직원으로 낙인찍히고, 남들 다 하는 승진에서 미끄러져 열등감과 절망에 시달렸으며, 집조차 없어 처가에 얹혀살고 회사에선 퇴사를 권유받자 처지를 비관하여 가슴팍에 사직서를 늘 품고 다녔다.

한 사람은 북극성과 자신 사이에 선이 쫘악 그어지는 아찔한 황홀함으로 매일을 살고, 다른 한 사람은 구멍난 양말같이 숨기고 싶은 월급쟁이의 남루한 일상이 밉기만 하다. 한 사람은 자기가 하고 싶은 일을 하고, 다른 한 사람은 누군가 시킨 일만 한다. 도무지 같아 보이지 않는 두 월급쟁이는 실은 같은 사람이다. 운 좋은 사람의 인생 반전 이야기로 들리겠지만 한 사람 안에서 나타난 대척은 모든 월급쟁이 숙주에 번식하는 밥벌이와 항체인 내가 하고 싶은 일, 딴짓, 그러니까 밥과 꿈이 벌였던 지리멸렬한 싸움의 1라운드 결과다.

밥벌이 앞에 번번이 무릎 꿇는 평범한 월급쟁이에게 딴짓과 일탈은 아득하기만 하다. 꿈은 밥이 해결된 사람들의 말하기 좋은 인생놀이 같다. 그러나 다른 듯 같은 한 사람 안에서 만들어진 굴곡은 지구의 꼭대기에 오르겠노라는 허황된 로망 때문이었고, 시시한 월급쟁이 삶에서 결정적으로 명암이 갈렸던 지점 또한 허무맹랑한 딴짓을 획책하기 시작한 때다. 철통같이 높은 현실은 꿈 앞에서 급격하게 무너졌다. 나는 보았다.

{ 월급쟁이는
왜 안 되는가

　나는 월급쟁이다. 15년 전, 월급쟁이 정체성은 처음으로 내 삶을 지배한 이후 주민등록 열세 자리처럼 나를 따라다닌다. 입사 때부터 멋진 퇴사를 꿈꿔 왔으나 결국 현실에 패배해 온 기록의 나이테다. 항상 약간의 피곤함이 동지처럼 어깨에 얹혀 있는 회사인간이자 하루를 시작하는 이유가 통근버스를 타야 하기 때문인 나는, 뼛속까지 월급쟁이다. 내 목줄이 직장에 매여 있는 대신 나는 밥을 얻었지만 들판의 이리들이 가진 자유를 늘 그리워했다. 자유를 반납한 대가로 받는 품삯 무게를 천역(賤役)처럼 짊어지고 다니던 어느 날, 밥벌이 중에 에베레스트에 오르려 했다. 직장을 그만두어야 가능할 것 같은 '그 짓'을 월급쟁이인 채로 하려 했다.

　산에 간다고 돈 나오지 않는다. 돈 주는 회사는 나에게 산에 가선 안 된다 말했고 나는 가겠노라 버텼다. 가장이 돈을 벌지 못하면 가족은 천대를 받는다. 가장으로서 가족이 천대받는 일은 벌이지 말아야 한다. 그리 살아 보려 했다. 그러면 그럴수록 내가 살지 못했다. 나는 에베레스트에 가고 싶었다. 에베레스트도 나였고 월급쟁이도 나였다. 둘 다 나였지만 하나의 나를 위해선 다른 나를 버려야 했다. 월급쟁이 생활을 과감하게 때려치우고 자신의 길로 들어서는 사람들의 이야기가 부러웠다. 나는 그런 강단을 가지지 못했다. 많은 돈을 가진 사람들이 부러웠다. 그들을 생각하면 초라하고 시시한 내 모습이 미워진다.

단지 산에 가는 일로 직장을 그만두고 나면 이후의 삶은 거칠어지고 사나워질 게 뻔하다. 나는 그게 두려웠으므로 고민에 끝이 없었다. 어떤 날엔 생각을 굳힌다. 에베레스트로 가야 한다. 또 어떤 날엔 난감함이 스멀스멀 올라온다. 천진한 아이들의 학원비는 어떻게 할 것인가. 월급에 무릎 꿇어 지구 꼭대기로 향하지 못한 나를 내가 견딜 수 있을까. 깨어 있는 모든 시간 동안 꿈이냐 밥이냐를 놓고 머리를 싸맸다. 몇 날 며칠 잠을 이루지 못했다. 내 안에서 갈등하는 나는 좀체 결론에 이르지 못하고 길항했다. 입술이 부르트고 나서야 질문 하나가 내 심장을 향했다.

"월급쟁이로는 왜 안 되는가?"

월급쟁이,
존재하되
존재하지 않는

　행복을 몸에 두르고 태어나는 인간은 없다. 태어난 아기는 울음을 그치지 않는다. 생을 시작하는 힘겨운 첫걸음을 행복에 겨운 웃음으로 떼지 않는 걸 보며, 애초부터 삶은 슬픔을 부여받는 일임을 조심스레 예견한다. 인간은 삶이 주어졌기 때문에 살아야 한다. 주어진 삶을 살기 위해 끊임없이 먹어야 하고 먹기 위해 나 아닌 것들을 죽여야 한다. 살기 위해 죽여야 하는 야만의 생을 죽을 때까지 이어 갈 수밖에 없는 것이 인간이다. 슬픈 일이다. 그러나 이 부인할 수 없는 생의 본질이 인간을 규정한다. 인간은 피와 살이다. 이 거부할 수 없는 물성 앞에 모든 인간은 가둬진다. 어쩐 인간도 피해 갈 수 없는 이 빌어먹을 제약이 삶의 가장 무서운 조건이다. 이것이 밥이다. 밥 먹는 모든 것은 죽는다. 태어난 모든 것은 먹어야 하고 먹는 것들은 반드시 죽는다. 밥으로부터 자유로운 것은 죽어 있는 것들이다. 오직 메마른 것들만이 자유롭다. 밥을 떠난 삶은 단 한시도 생각할 수 없다. 오늘 하루 우리가 했던 일이 바로 밥이다. 삶이란 먹고 싸는 동안에 하는 모든 일이다. 그 일이 자신을 규정하고 삶을 규정한다. 그것이 밥이다. 인간은 먹어야 살고, 살아야 죽을 수 있는 어처구니없는 역설을 여전히 해석하지 못한다. 인간은 영원히 불가해하고 불완전하다. 알베르 카뮈의 말처럼 '우리 모두는 잠재적 사형수'이며 유예된 죽음을 기다리는 존재들이다. 이 어쩌할 수 없는 생의 무참함을 벗어나려 발버둥친 시간이 인간의 역사다.

인간은 늘 밥 너머의 일을 사유했고 그것을 규명하려 애썼다. 자신의 피와 살을 뛰어넘는 물리성과 정신성을 찾아 헤맸다. 삶을 살아가는 의미가 무엇인지를 스스로 상정할 수 있는 자기 인생의 의제설정력을 가지고 불나방처럼 자신의 꿈을 좇았다. 기꺼이 불행을 찾아 나섰다. 불행으로 떠나는 모험의 힘으로 인류의 역사는 면면히 그리고 부끄럽지 않게 이어져 왔다. 살기 위해 죽이고 또 죽인 것을 끊임없이 먹어야 하는 그 지난한 밥숟갈 위에 삶을 반추하고, 가끔은 미래의 어느 지점에 자신을 가져다 놓는 희망을 버리지 않았다. 초라한 과거와 과감하게 이별하고 새로운 삶을 재편해 나가려는 시도를 서슴지 않았다.

딴짓해도 괜찮아

드디어 인간은 자신을 얽어맸던 밥을 죽이고 존재 위에 서게 된다. 유한하고 단명하는 인간이 무한의 삶을 지향하고, 죽음의 두려움과 밥의 일상성을 깨뜨리면서도 더 높은 존재를 향해 나아가는 일은 멈출 수 없다. 이것이 흔히 '꿈'이라 일컬어지고 또 비현실적이라 치부되는 거의 모든 일이다. 스리랑카 출신의 세계적인 미술사가 아난다 쿠마라스와미(Ananda Coomaraswamy)의 말은 절묘하다.

"존재를 그만두지 않고는 어떤 생명도
보다 높은 차원의 존재를 획득할 수 없다."

우리는 존재한다는 동사를 쓸 수 있는가? 월급쟁이 8할은 자신의 모습으로 살지 않는다. 하고 싶은 일이 없다. 잘하는 일만 있을 뿐이다. '잘하는 일'로는 회사에 쓸모 있는 사람인데 기쁘지 않아 보인다. 회색 얼굴을 하고 다닌다.

80퍼센트라는 수치의 근거는? 직장생활 15년의 경험치다. 오랫동안 직장생활을 하며 더러는 깊게 더러는 얕게 해온 얼치기 연구 결과, 열 명 중 여덟 명에게는 이렇다 하게 명확한 월급쟁이 이후의 계획이 없다. 대부분의 직장인들이 구조조정 앞에 속수무책인 이유다(나는 구조조정 앞에 가을 낙엽처럼 날아다니는 월급쟁이들을 보면 자존심이 상한다. 그 잘난 구조조정으로 열심히 살았던 인생 전체를 부정당하는 월급쟁이 아이덴티티가 밉다). 신입사원은 반대다. 그들을 대상으로 강의를 할 때 빠지지 않고 물어보면 열에 여덟은 어떤 형태로든 꿈이라는 걸 가지고 있다. 그러나 그것도 불과 3년이 지나면 여지없이 풍화되어 사라지고 침식되어 없어진다. 패기도 일상의 힘 앞에선 무력하다.

나머지 2할, 자신이 하고 싶은 일을 가진 월급쟁이는 간간이 눈에 띈다. 그들의 월급쟁이 생활은 길지 않다. 이내 자신이 뜻한 바를 이루기 위해 회사를 나갈 공산이 크다. 아니라면 다시 꿈 없는 8할에 합류한다. 그러니까 잠재적 탈(脫)월급쟁이를 제외하면 대

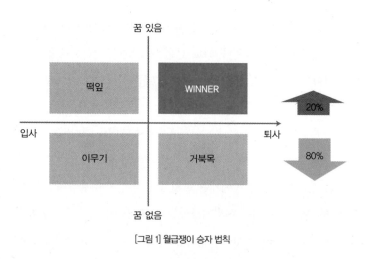

[그림 1] 월급쟁이 승자 법칙

부분은 꿈이 없다는 단순 결론에 이른다. 의구심이 든다면 지금 책상 위로 머리를 빼꼼히 내밀어 주위를 한번 둘러보자. 과연 틀렸다 하지 못할 테다. 몇 번의 구조조정을 직접 겪으며 목도했던 상황에는 수치가 말하지 못하는 맥락의 적확함이 있다.

우리는 명민해야 한다. 자른다고 함부로 잘려선 안 된다. 자신의 꿈을 이루는 데 회사를 십분 활용해야 한다. 파레토 법칙 같은 월급쟁이 승자 법칙(그림 1)은 직장인 간의 먹고 먹히는 경쟁이 아니라 회사와 나 사이의 한판에서 회심의 한 방을 날리기 위한 것으로 이해하자. 직장을 다니며 딴짓과 일탈을 꿈꾸고 노력하는 사람은 언제고 삶의 윗자리에 올라설 수 있다. 그러니 직장이 큰 걸림돌이 되지 않는다면 꿈을 위해 회사를 섣불리 그만두지 말자. 걸림돌이 된다 해도 해결 방법은 있다. 7년 전, 이 화두를 놓고 머리칼 쥐어뜯으며 밤새 고민하던 내게 7년 후의 내가 던지는 답이다.

그때 나와 같은 고민을 하는 그대의 귀에 대고 나는 이렇게 속삭이겠다. 나는 그때 직장을 그만두려 했다. 그만두지 않고선 에베레스트로 갈 수 있는 방법이 없다고 생각했다. 이후 일은 어떻게든 될 거라 여겼다.

삶의 고비 어디서건 떠나지 못하는 자는 삶을 능멸하는 거라 늘 생각한다. 우리는 떠나야 한다. 하지만 대책 없이 직장을 떠난 월급쟁이와 그 가족들을 먹여 주고 재워 주는 곳은 없다. 밥은 물리적 파괴력을 지닌다. 간지 있게 처분할 대상이 아니고 함부로 폄하해서도 안 되는 것이다. 꿈은 삶 밖에 있지 않다. 삶 밖으로 내던져도 안 된다. 밥에 굴종하지 않는 어엿한 존재가 되기 위해선 삶에 꼭 달라붙어 있어야 한다. 월급쟁이인 우리는 직장을 떠나 살 수 없으므로 하고자 하는 바가 있는 사람은 직장을 다니며 이루어 낼 방법을 모색해 보자는 게 내 생각이다. 아쉽게도 쉽지 않다. 처지, 밥, 월급, 일상, 반복이 주는 편안함이라는 힘은 가공할 만하다.

구멍난 양말같이
숨기고 싶은
남루한 일상

　여기 월급쟁이에게 들려주는 싱거운 얘기가 하나 있다. 런던의 어느 달동네에서 두 사람의 재단사가 서로 마주 보고 일하고 있었다. 그들은 제2차 세계대전 이후부터 늘 그렇게 서로 마주 보며 일해 왔다. 어느 날 한 재단사가 다른 재단사에게 물었다.

　"금년에 휴가 갈 건가?"
　"아니."

　잠시 침묵이 흘렀다. 두 번째 재단사가 불쑥 말을 꺼냈다.

　"1964년에 휴가를 갔었지."

"그래? 어디로 갔었나?"

첫 번째 재단사는 무척 놀랐다. 아무리 생각해도 이 친구가 자리를 비운 적이 없었기 때문이다. 그래서 호기심에 가득 차 그때 이야기를 해달라고 졸랐다.

"난 그때 벵골로 호랑이 사냥을 갔었지. 빛나는 금빛 총을 두 개나 들고 말이야. 그러던 어느 날 나는 정말 엄청나게 큰 호랑이를 만났지. 내가 총을 쏘았어. 그러나 그놈은 내 총알을 피하고 나를 덮쳤지. 내 머리가 그놈 이빨에 바스러지는 소리가 들리더군. 그리고 나를 먹기 시작했어. 마침내 그놈이 내 마지막 살 한 점까지 다 먹어 버렸어."

깜짝 놀라서 첫 번째 재단사가 소리쳤다.

"무슨 소릴 하고 있는 거야. 호랑이는 자네를 삼키지 않았어. 자넨 지금 이렇게 살아 있잖아?"

그러자 두 번째 재단사가 다시 실과 바늘을 잡으며 슬프게 말했다.

"자넨 이걸 살아 있다고 생각하나?"

직장에는 죽음의 냄새가 난다. 모두가 핏기 없는 얼굴로 모였다. 회의다. 회의란 닦달하는 상사의 물음에 맑게 닦인 목소리로 지체 없이 대답해야 하는 약식의 업무 책문이다. 이 자리에서 날아오는 질문에 어물거리거나 묻는 자의 심중을 꿰뚫지 못할 경우 상사의 눈썹은 날카롭게 치켜 올려지고 게임은 끝이 난다. 직장인은 여기서 자신의 능력 전부를 평가받는다. 무능과 유능은 먼 데 있지 않다. 말 한마디 한마디에 충성심이 뚝뚝 떨어지는 자는 유능하고 그런 분위기가 정나미 떨어져 침묵하는 자는 무능하다. 상위자의 권위가 자신의 존엄을 앞설 때 생기는 여러 가지 모습들은 회사인간으로 사는 월급쟁이에게 큰 벽이다. 실소를 금치 못할 상황 앞에서 월급쟁이는 이를 넘어서는 대신 자신의 처지를 자조하며 무던히 넘어간다. 살아야 하므로. 살기 위해 참아 넘기는 일상에서 왜 죽음의 냄새가 나는지 모른다.

도떼기시장 같은 구내식당, 앉자마자 일어난다. 빛의 속도로 식사를 마치고 점심때가 되어서야 햇살을 본다. 사무실로 돌아와 모니터에서 연예인의 시시콜콜한 일상을 관음증 환자처럼 엿본다. 유일한 여유다. 다시 분주한 업무가 시작된다. 한바탕 바람이 쓸고 간 듯 혼을 빼놓는 사무실에서는 어쩌면 이 바쁨이 살아 있다고 느끼는 원천인지 모르겠다. 일과를 마치면 지하철을 타기 위해 줄을 서 기다린다. 늘어선 지하철, 버스에 꾸역꾸역 구겨 넣어지듯 올라타는 모습은 호메로스의 문장 같다. '마치 하나같이 피로 주둥이를 빨갛게 물들인 채 떼 지어 검은 물이 솟는 샘물가로 몰려가는 것처럼' 삶의 샘물을 헤엄쳐 집으로 돌아온다.

네 식구는 언제나 피곤하다. 하루 온종일을 직장과 유치원, 학원에서 보냈다. 아빠는 이른 아침, 아이들 자는 얼굴을 보며 출근하고, 엄마는 퇴근길에 허겁지겁 어린이집에서 아이를 데려와 숨 돌릴 겨를도 없이 먹이고 씻기고 재운다. 밤늦게 젖은 빨래를 널 때면 자신의 신세와도 같은 세탁물을 집어던졌다가 다시 잡아 턴다. 작은아이는 유치원을 마치고 학원에 가기 전 잠깐 들른 집에서, 엄마가 없는 걸 알지만 이 방 저 방 다니며 "엄마! 엄마!"를 불러 본다.

늦은 저녁, 아빠가 퇴근한다. 큰아이는 집에 들어온 아빠를 쳐다보지 않는다. 그 모습이 자연스럽다. 애살스러운 둘째는 한 번 번쩍 들어 안아 주지만 이걸로 오늘 하루 아이들과 다 놀았다고 생각한다. 아이들은 말끝마다 "아빠!" 하며 이것저것 물어 온다. 귀찮음이 듬뿍 담긴 건성의 대답이 오고 간다. 자신에게 관심을 주지 않자 화가 난 아이가 야구 채널을 꺼버리면 여지없이 고성이 오가다 결국 "아빠 싫어" 하며 아이는 울고 하루는 끝이 난다.

혼자가 된 아빠는 깊은 밤, 텔레비전에 멍하니 시선을 비끄러 매고 이리저리 채널을 돌리다 아내에게 구박을 듣고서야 자야 할 시간임을 알아챈다. 하루가 간다. 일탈이라는 것, 일상에 묻혀 사는 월급쟁이에게는 먼 나라 얘기다. 노래 가사에나 나오는 단어다. 딴짓을 하지 못하는 건 그 생각조차 할 여유가 없기 때문인지 모른다.

무방비로 허물어진 월급쟁이 존재감에 틈입하여 사회는 없는 꿈을 꾸어라 강요한다. 신입사원들은 너 나 없이 자신의 꿈이 CEO라 말하고 회사는 열심히 일하면 너도 CEO가 될 수 있다고 화답한다. CEO라는 단 하나의 자리를 놓고 기만 명이 서로를 물고 뜯고 싸우는 현장이 회사 같기도 하다.

권위와 지위를 가진 자들이 점잔을 빼고 갓 들어온 신입사원들 앞에서 최고의 자리를 향해 꿈을 가질 것을 설파한다. 너희도 '별'을 달아야 하지 않겠냐며 임원이 되면 받을 수 있는 각종 복리 후생과 입이 떡 벌어지는 혜택들을 핏대 세우고 침을 튀겨 가며 설명한다. 이들의 결론을 늘 '그러니 윗사람 말 잘 듣고 시킨 대로 열심히 해라'다. 신입사원들은 연사가 아니라 권위와 지위가 하는 말에 주눅 들어 집단적인 자기최면에 걸린다. 설사 그 자리에 오른다 하더라도 이내 소모적인 삶에 질려 버릴 테지만, '별'의 꿈을 소중히 각인하고 근속을 거듭한다. 열정적이고 순수했던 신입사원들은 월급쟁이가 되어 간다. 낮에는 벌건 펜으로 덧칠돼 돌아온 기안문과 씨름하고, 밤에는 낮에 그 빨간 펜을 들고 삿대질하던 부장이 던지는 폭탄주를 넙죽 받아 마셔야 한다. 술자리에서의 폭언은 내 새끼는 강하게 키운다는 명목 아래 달게 받아야 할 격언이 되고, 이 자리에서 서지도 않은 '줄'이 자기도 모르게 형성된다. 줄의 열매는 승진. 폭언과 폭탄주, 그리고 갈굼을 꿋꿋이 이겨 낸 대가다. 그런데 시간을 죽여 가며 밑바닥 인생들이 구르고 굴러 부장, 임원이 되면 그들도 어느새 같은 사람이 된다. 그렇게 쟁취한 사다리의 끝에는 무엇이 있을까. 한 사람의 인생과 가치를 무너뜨리는 야만이 있을 뿐이다. 이 야만의 황금 사다리는 자본이 설계하고 회사 조직이 시공하며 국가가 감리한다. 이쯤 되면 우리는 꿈을 볼모로 이 사회가 벌이는 거대한 사기극에 걸려든 것 같기도 하다.

그래도 어딘가 떠돌고 있을 내가 하고 싶은 일을 찾아볼까 하는 순간, 시장 귀퉁이 채소가게에서 아주머니와 흥정하며 물건을 넣었다 빼는 아내의 모습이 떠올라 고개를 흔들고 만다. 그나마 품었던 일탈은 현실이 끝끝내 그 모습을 에워싸고 당최 보여 주지를 않는다. 꿈은 매월 급여 잔고에서 핫바지 방귀 새듯 빠지는 가계 고정비 앞에서 무참해진다. 꿈? 하루하루 이 올무에서 벗어날 길이 막막하고 희미하고 아득할 뿐이다. 현실이라는 올가미, 그 옥죄는 아귀힘은 발버둥치면 칠수록 더 강하게 조여 오는 에반스 매듭(스스로 목숨을 끊거나 교수형을 집행할 때 대부분 이 매듭을 쓴다. 한번 중량을 받으면 그 무게로 인해 더 강력하게 조여진다) 같다. 월급쟁이 스트레스를 안고 살더라도 그냥 시키는 대로 하자고 생각하면 온 세상이 편안해진다. 꿈은 무슨, 먹고살기 바쁜데 꿈 타령할 시간이 어디 있는가.

{ 세상에
쫄지 말자

쓸모는 사회가 부여한 허상이다. CEO는 회사가 생각하는 쓸모의 마지막 모습이다. 그것은 꿈이라기보다 회사가 그린 월급쟁이의 청사진이다. 능력자 우상화 작업이다. 일 잘하려는 중압감이 인생을 망치고 만다. 일 잘해도 누가 알아주지 않는다. 기껏해야 승진이다. 승진은 무엇인가. 소모적인 삶으로의 적극적인 이행이다. 내가 정의하는 나의 쓸모는 무엇일까? 내가 원하는 내 쓸모를 알게 되면 세상이 시킨 일을 하지 않아도 되지 않을까. 세상에 쫄지 않는 나를 상상하는 것만으로 멋지다.

내가 하고자 하는 바를 찾고 그것이 현실에 녹아들게 하기 위해선 거창한 이론이 필요한 게 아니다. 여기 자신이 도대체 어떤 걸좋아하고 무엇을 하고 싶은지 감지할 수 있는 간단한 방법을 소개한다. 쫄지 않고 딴짓할 수 있는 출발점이다. 나는 이 방법을 스승에게서 배웠고 성심껏 따랐다.

첫째, 생각만 해도 내가 즐거워지는 무엇이 있다면 그것은 당신 미래 삶의 한 조각이 될 가능성이 짙다. 그 한 조각을 낚아라.

무언가 이루어진 모습을 상상하고 이로 인해 가슴이 뛴다면 꿈의 자장(磁場) 안에 걸려든 것이다. 월급쟁이에게 앞날이 보이지 않는 이유는 자신이 즐거워하는 지점을 모르기 때문이다. 어디에 있을 때 즐거운지, 누구와 함께할 때 기쁜지, 무엇을 할 때 행복한지를 고민한 적이 없기 때문이다. 지금 이곳에서 내가 즐거워지는 게 내가 해야 할 일이다. 일이든 놀이든, 누군가를 만나든 홀로 멍을 때리든. 내가 즐거워하는 일, 사람, 장소, 시간, 버릇, 놀이 등을 구체적으로 알기 위해 몇 가지 질문을 따라가 보자. 조용하게 고독할 시간과 장소를 마련해 노트와 연필을 들고 나에게 침잠해 보자.

- 나는 누구인가? 자신만의 언어로 자신을 요약해 보자. 되도록 창의적으로 자신을 규정한다.
- 가장 나다운 인상과 장면을 묘사해 보자.
- 나의 출생과 탄생에 대한 일화, 즉 태몽, 어머니가 기억하는 내 탄생 이야기, 내가 기억하는 가장 최초의 이야기 등이 있는가?

- 자신의 가치관과 직업관을 정리해 보자.
- 사람과의 관계에서 특히 중요하게 생각하는 점 2가지를 꼽아 보자.
- 가장 감명 깊게 읽었던 책의 내용을 요약하고 그 책을 선택하게 된 배경을 설명해 보자.

　지금의 심각한 나에서 즐거운 나로 전개되는 것이 오로지 내게 필요한 변화다. 중요한 것은 즐거운 상상으로 가슴 뛰는 것에서 그치지 말고 그 상상을 잡고 머물러야 한다. 이어 영상을 구체적으로 떠올리고, 떠올린 영상을 글로 묘사한다면 활자화되고 각인된 나의 구체적인 꿈을 만날 수 있다.

　구체적으로 묘사된 꿈은 현실보다 강하다. 묘사된 장면에 나는 이미 가 있고 그 장면은 현실이 된다. 그러므로 숨 막히는 장면을 위해 3년, 1년 그리고 지금 해야 할 일이 일사분란하게 정의된다. 말하자면 회계적 현가 계산 방식과 같다. 향후 10년 삶의 현재적 환원이다.

　좀 더 깊이, 구체적으로 들어가자. 우리가 무언가를 '안다'고 말할 때는 사태의 바닥까지 내려가 벌어지는 일들의 원인을 구체적으로 규명할 수 있어야 한다. 마찬가지로 나를 알기 위해서는 자신의 바닥부터 이해해야 한다. 자신을 먼저 이해하라는 말의 무책임함을 알고 있다. 칸트, 헤겔도 도달하지 못한 일을 해라체 하나로 뭉뚱그려 넘어갈 순 없다. 그러나 차근차근 처음부터 시도해 보자.

우선 자신의 역사를 기술한다. 자신을 알기 위해서는 자신의 과거를 알아야 하고 시간을 내 천천히 복기해야 한다. 우리는 기록을 가짐으로써 비로소 세상에 한 역사로서 존재할 수 있다. 개인사(個人史)는 앞서 기술된 질문들을 토대로 작성하면 좋다. 상당한 양(A4 10장 이상)으로 직접 써야 한다. 그래야 자신의 역사를 기술했다 말할 수 있다. 자신의 역사가 쥐어졌다면 비로소 우리는 '존재한다'는 동사를 쓸 수 있다.

다음, 시선을 최근 3년으로 좁힌다. 민감한 더듬이로 현재를 탐색한다. 지난 3년간 내가 했던 일 또는 업무 중에 내 기질과 잘 들어맞고 내가 가장 훌륭하게 수행했고 가장 몰입했던 일을 기억해 낸다. 이른바 '내가 사로잡힌 일'을 수색하는 것이다. 조직 내에서 누구나 이 일을 떠올리면 곧바로 나를 찾고 나에게 조언을 받거나 도움을 요청한다면 그게 내가 사로잡힌 일이다. 내가 사로잡힌 일을 찾았다면 거기에 업무 시간의 반 이상을 할애하여 집중한다. 관련 서적을 뒤져 깊이 들어간다. 다른 사람이 알지 못하는 비밀을 후벼파야 한다. 사랑해야 한다. 내 밥줄이 될 공산이 크기 때문이다.

이제 삶에 달라붙어 꿈을 이루기 위한 인생 기획의 마지막 단계로 넘어간다. 이 단계는 눈 감으면 5D로 만져지고 혀로 핥을 수 있는 내 미래를 그리는 일이다. 사람들은 이를 두고 비전이라 말한다. 비전은 거창하게 만들어졌으나 박제된 선전 문구가 아니다. 비전은 내가 아침에 일어나야 하는 이유다. 눈을 뜨면 보이지 않지만 눈을 감아야 보이는 것이 비전이다. 그러므로 비전은 일종의 상상력을 동원해야 그려진다. 우리는 자신의 미래를 상상하고 묘사할수 있어야 한다. 앞서 나만의 역사(歷史)인 개인 통사(通史)를 만들어 자신의 과거를 깊이 알게 됐다. 그리고 내가 사로잡힌 일을 발견함으로써 지금의 나와 연결시켰다. 세 번째는 이 두 가지를 꼭붙들고 앞으로 10년간 일어날 일 열 가지를 상상하여 이미 이뤄진 미래로 만들어 내는 일이다. 여행과 일탈이 그리운 사람은 아프리카 어딘가에서 긴 머리에 얼굴이 덮인 채 마른 모래 바람과 맞버티며 서 있는 자신을 상상하라. 그 장면을 활자화하라. 자신의 직업에서 승승장구하고자 하는 사람은 멋진 비즈니스 테이블에서 화면에 제 그림자가 비춰지는지도 모르고 열정적으로 프레젠테이션하는 무대에 자신을 세워라. 그 장면을 활자화하라. 열 가지 숨 막히는 장면이 활자화되면 자신의 비전이 손에 쥐어진다. 이것은 누군가 시켜서 하는 일을 걷어차고 내 미래를 스스로 만들고 이뤄 내기 위한 일종의 자기맹약이다. 스스로 내린 자신의 임무는 강력한힘을 발휘한다. 우리 월급쟁이는 어느 한 날 직장을 때려치우고 떠날 수 없다. 억압 덩어리인 현실을 한 번에 넘어설 수도 없다. 어떻게든 삶에 달라붙어 끈질기게 현실의 제약을 하나씩 제쳐 나가야 한다. 죽은 꿈을 팔팔하게 숨쉬는 삶 안으로 데려와야 한다. 그래야 내 맘대로, 생긴 대로 살 수 있다. 자신이 기획한 인생대로 사는 짜릿함, 마다할 이유가 없다.

둘째, 자신이 상상할 수 있는 가장 허무맹랑한 기대치를 상정한다. 현실을 뛰어넘어 딴짓할 수 있는 유일한 무기가 꿈이다. 꿈이 허황되면 허황될수록 무기의 파괴력은 세다. 꿈은 보이지 않는 미래에 있지만 지금 내 눈앞을 지배하는 환각이 될 수도 있다.

오바마와 이만수 그리고 나, 믿기 힘들겠지만 이 세 명은 허무맹랑한 꿈으로 연결돼 있다. 다음은 이만수 전 야구감독에게 직접 들은 이야기다. 한 사람은 인류 최초 미합중국 흑인 대통령이라는 허황된 꿈을 꿨고 한 사람은 이제 갓 출범한 프로야구 불모지에서 메이저리그에 진출하려는 말도 안 되는 꿈을 꾸었다. 처음 꿈을 꾸었던 때 이들의 모습은 보잘것없었다. 버락 오바마가 시카고대학의 강사였던 시절, 빼빼 말라 볼품없던 그는 시카고 화이트삭스의 팬이기도 해서 이만수 당시 배터리 코치와 두어 번 만날 기회가 있었더란다. 어느 날 서로 익숙한 얼굴이었기에 장난기가 발동한 이만수 코치가 이런저런 얘기 끝에 느닷없이 오바마에게 질문 하나를 던졌다. "꿈이 뭡니까?" 방금 전까지 웃으며 흥청거리던 그가 질문을 듣고는 정색하며 자세를 고쳐 앉아 대답하더란다. 웃자고 던진 그도 순간 정색하는 오바마에게 움찔했다. "내 꿈은 미합중국 최초의 흑인 대통령이 되는 겁니다." 웃음기 가신 얼굴로 오바마는 한 글자 한 글자를 끊어 말했다. 좌중은 웃었다고 했다. 그로부터 7년 뒤, 대통령이 된 오바마를 텔레비전에서 보고 그는 전율했다.

오바마의 대답을 곱씹던 이만수는 웃는 틈에 숙연해져 자신의 어릴 적 일이 생각났다고 했다. 그는 열네 살 때 처음 야구를 시작했다. 하루 네 시간 자며 연습에 몰두하던 때, 어느 날 중학교 3학년 선배가 물었다. "니는 꿈이 머고?" 그때 그는 한국 최고의 프로야구 선수가 되어 메이저리그에 가는 게 꿈이라고 답했다. 이후 그는 그렇게 된다. 2005년 메이저리그 시카고 화이트삭스 구단의 불펜 코치로서 한국인 최초로 월드시리즈 우승을 거머쥔다.

얘기를 듣는 중에 이들은 나와 연결돼 있음을 직감했다. 스물일곱 조각이 난 다리로 세계에서 가장 높은 그 마지막 한 평에 오르고 싶다는 허황된 꿈을 꾼 적이 있었다. 긴장감에 입술은 바짝 말라 있었지만 태연하게 내 꿈은 세계 최고봉에 오르는 것이라 얘기하면 사람들은 비웃었다. 무슨 말도 안 되는 소리냐는 표정으로 대화는 뚝 끊겼고 분위기를 이어 가기 위해 곧바로 다른 관심사를 찾아야만 했다. 다들 들은 체 만 체했고, 때로 겉으로 심각하게 걱정하는 척하는 사람도 속으로는 내 꿈을 비웃었다. 나는 웃지 않았다. 그리고 결국 나는 올랐다. 꿈이 멋지게 승리하는 순간은 모든 설움이 용서될 만큼 황홀하다.

셋째, '나'를 배합하여 먹고사는 업(業)의 모델 하나를 만든다(그림 2). 이 모델이 훗날 나의 일이 될 것이다. 좋은 말로 열정과 능력이 있다. 열정은 내가 하고 싶은 일이고 능력은 내가 잘하는 일이다. 바꿔 말해 자기도 모르게 가슴 뛰는 일이 있다면 그 일에 자신의 에너지를 바칠 가능성이 있는 것이고 누군가에게 자주 칭찬을 듣는 일이라면 그 분야에 탁월한 능력을 가지고 있다 말할 수있다. 곰곰이 생각하고 또 생각해 보라. 그 일은 반드시 당신의 과거에 존재했다. 다만 감지하지 못했을 뿐이다. 가슴 뛰던 일과 칭찬 받았던 일이 하나둘씩 떠오른다면 기억이 휘발되기 전에 육필로 기록하라. 탐색하고 거기에 머물면 보기 좋은 평생의 업 하나가튀어나올 수 있다. 아래와 같은 기초적인 질문에 답해 보면 좋다.

- 삶에서 내 힘으로 성취해 낸 것이 있는가? 3가지를 꼽아 보자.
- 내가 지닌 상대적으로 우수한 재능 및 기질을 3가지 찾아보자.
- 내가 가지고 있는 기질적 단점은 무엇인가? 이를 극복하기 위

해 나는 어떤 훈련을 했는가?

• 내 취미와 특기는 무엇인가?

• 내 인생에서 가장 중요한 롤모델이 되었던 한 사람 혹은 앞으로 모델로 삼고 싶은 한 사람은 누구인가?

[그림 2] 하고 싶은 일과 잘하는 일의 배합

나는 분명 믿는다. 저 좋은 것만 하고 살 수 있다. 하고 싶은 일을 하며 살고 싶다는 생각을 애써 지우게 만든 건 내 스스로가 아닌지 자문해야 한다. 토마토 주스가 마시기 싫다는 아이에게 아버지가 말한다.

"저 좋은 것만 하고 인생을 살 수는 없는 법이야.
저 좋은 것만 하고 세상을 살려고 했다가는 굶어 죽어.
나를 봐, 나는 하고 싶은 일은 평생 하나도 해보지 못하고 살았어."

아이의 아버지는 실은 우리 자신이 가진 두려움의 민낯이다. 나도 춤추듯 살 수 있을까. 모르겠다. 오십 줄까지 월급쟁이 하던 시대는 일찌감치 지났고 이제는 사십 줄을 위협한다. 생각보다 빠르게 고속상각되고 있으니 자신만의 업 하나 만드는 일을 서둘러야할 것이다. 혹시 아는가. 삼사십 줄에 새로운 나를 발견하고 생의 폭발적인 스태미나에 놀라며 살지. 늦지 않았다. 월급쟁이 늙발에 한번 춤추듯 살아 보자.

넷째, 세상에 쫄지 않기 위해서는 언제고 어디서고 시선을 확장할 수 있어야 한다. 누구나 자존감이 떨어질 때가 온다. 동료와 언성을 높이며 싸우고 난 뒤, 상대방의 대단한 스펙에 기가 눌린 뒤, 상사로부터 말도 안 되는 유아적인 질책을 받고 난 뒤라면 조직에 몸담은 자신이 한없이 초라해지고 측은하게 바라보는 남들의 시선을 외면하고 싶어진다. 당신에게는 잘못이 없다. 이럴 땐 지구 밖으로 잠시 다녀오자. 내 주변에서 벌어지는 일들과 거리를 두는 연습이 필요하다. 왜냐하면 일상은 하루도 빠지지 않고 '너를 초라하게 만들어 주겠어'라는 메시지를 주는 느끼한 스토커이기 때문이다. 시선을 천천히 그리고 무한히 확장하여 나를 우주로 데려가자. 그리고 지구를 조감(鳥瞰)해 본다. 우리 옆에서 벌어지는 일들은 먼지 덩어리에 불과한 지구, 둥둥 떠다니는 육지에서 일어나는 70억 '화학적 찌꺼기'의 사사로운 일 중 하나일 뿐이다. 이 시선으로 보면 우리에게 일어나는 모든 일들은 우연이 된다. '우주의 관점에서 지구는 단지 하나의 특수한 사례'고 지구 관점에서 나는 동일한 인간류의 상이한 형태일 뿐이다. 거대한 산악 지괴가 융기하며 스스로 두터운 층을 파괴하고 두께 1,000미터의 외피를 들어올리거나 찢는 일쯤은 아무것도 아니다. 그리고 다시 여기, 지금의 나로 돌아온다. 조금 여유로워진 것 같다. 무엇이든 할 수 있을 것만 같다. 이 방법은 나의 유한함을 인식하여 무한으로 데려가는 연습이다. 꿈은 이루어질 수 없다고 착각하는 내가 얼마나 무한한 존재인지를 알아 가는 방법이다. 아무리 잘난 인간도 결국 인간일 수밖에 없는 평균성에 기대어 남들과 그리고 주변과의 불필요한 비교를 단절하는 연습이다. 그리하여 어떤 상상을 하더라도 이룰 수 있다는 자기가능성에 대한 최면이다.

월급쟁이의
삶으로 생을
마감하지 않기를

　새벽에 끙 하는 외마디 소리를 내며 일어난다. 묵직한 피로에 몸은 지구 맨틀까지 쑥 꺼질 것만 같다. 반사적으로 머리를 감고 양말을 신는다. 가방을 챙겨 들고 신발을 신으려 현관으로 내려설 때 비로소 눈이 수면모드에서 출근모드로 전환된다. 어느 날 아들이 닫힌 현관을 열고서 "아빠 잘 갔다 와" 하고 인사를 했다. 나와 눈은 마주치지 못하고 반쯤 열린 대문 사이로 손을 흔든다. 왜 눈물이 나려 했을까. 어릴 적, 새벽에 일 나가시는 아버지께 다녀오시라고 인사하던 아이가 거기 있었다. 꼬막손을 흔들던 아이가 아버지가 된 게다. 수십 년이 눈 깜짝할 새 훌쩍 지나버렸다는 사실보다 내가 시키는 일을 하며 사는 초라한 월급쟁이가 된 게 원망스러웠다. 아버지도 밥벌이의 피곤함보다는 자신이 벌지 못해 천대받을 가족을 생각하며 굴욕을 견디고 일터로 나갔겠지.

보고할 결재 서류를 잔뜩 움켜 들고 상사의 방 앞에서 세상 모든 겁은 다 집어먹은 상태로 차례를 기다렸다. 마른침이 넘어가는 소리를 누가 들을까 겁이 났다. 일을 끝내고 기진한 몸을 누인 곳은 퇴근하는 통근버스의 어두운 구석 자리. 갑작스레 편안함이 온몸을 뒤덮는다. 뼈는 녹아들고 녹아든 뼈만큼 마음도 흐느적댄다. 나는 살면서 한 번도 뛰어난 적이 없었다. 못생겼다는 소리를 안 들으면 다행이고 작은 체구에 볼품없는 몸매다. 똑똑하지 못했고 말은 느려 터져서 우생학적 열등함을 당연한 듯 새기고 산다. 어쩌면 그래서 할 수 있었는지 모른다, 직장생활 15년을. 들어가기 전엔 못 들어가서 안달이고 들어가서는 못 나와 안달인 월급쟁이 생활. 밥에 대해 이보다 민감할 수 없는 세월을 건너고 있으니 딴짓은 언감생심, 꿈에 관해서는 완전히 무뎌질 수밖에 없는 근속 연수를 기록 중이다. 꿈 없는 게 부끄럽지 않다. 출근해야 한다. 부끄러울 겨를조차 없다.

어느 날, 이른 새벽이었다. 출근하기 위해 기다리던 한 무리의 남자들 사이로 대형 버스 한 대가 미끄러지듯 멈춰 섰다. 문이 열리자 사방에서 득달같이 사람들이 달려들었다. 한 명씩 올라설 수 있는 좁은 문을 향해 사람들은 끼어들며 잔걸음으로 서로를 밀쳐냈다. 꼼짝없이 무리 중간에 끼여 나도 꿈틀거렸다. 꿈틀거릴수록 문과 멀어졌고 먼저 타기를 포기한 사람 사이에 조금의 질서가 생긴 걸 보니 이제 자리는 사라진 모양이었다. 그날 저녁 회식 자리에 한 무더기의 낙지가 나왔다. 사지가 잘린 낙지에게도 삶은 아름다운 것인지 빨판을 접시에 꼭 붙이려 멈추지 않고 꿈틀거렸다. 죽을 만큼 아름다운 그 삶을 끝내 버리지 못하고 발버둥을 친다. 난데없이 묻는다. 나에게 장대하고 아름다운 꿈이 있는가? 멈추고 싶은 아름다운 순간이 나에게도 올까? 대답하지 못했다. 안줏거리를 멍하니 보고 있다가 옆자리 선배가 툭 치는 바람에 정신이 돌아왔다.

"뭔 생각하노? 한잔 쭉 하자. 자, 위하여~."

현실보다 한 번쯤은 강해지고 싶었다. 밥 앞에 꿈이 단 한 번이라도 먼저일 수 있는 삶을 살고 싶었다. 되도록 그 삶은 선홍빛 잇몸을 가진 젊은 날, 치열한 쟁투를 통해 이뤄졌으면 좋겠노라 생각했다. 더 늙어 돈 한두 푼에 목숨 걸며 조악해지기 전, 더 갑갑한 인간이 되기 전, 그리하여 삶이 허무하여 견딜 수 없게 되기 전이었으면 싶었다.

월급쟁이 삶으로 마감하지 않게 해달라 기도했다. 접시에 꼭 붙어 있는 자존감, 그러나 마음 한편에 늘 품고 있는 꿈이라는 북극성, 자유와 품삯 사이, 그 힘의 진공상태를 부수고 싶었다. 대가를 치러야겠지. 대가가 무엇인지 확인하기 위해서는 스스로를 벼랑 끝으로 몰아 떨어져 봐야 한다. 나는 내 삶을 실험하기로 했다. 힘든 시련이 기다리고 있음을 안다. 그럼에도 불행을 찾아 나선다. 불행 끝에 찾아올 천복을 생각하면, 불행이 과연 불행일까. 불행했다 하더라도 후회하지 않으련다. 떠나야 시련도 찾아오고 그 끝에 나올 결말도 알 것 아닌가. 떠나야 하는 이유는 간명하다. 내가 하고 싶은 일이다. 나는 지구의 용마루를 오르겠다고 박박 우겼다.

1장

바람에
엉클어지다

블룸 "자네는 왜 아버지의 집을 떠나왔나?"
스티븐 "불행을 찾아서지요."

- 제임스 조이스, 『율리시스』 중에서

{ 산과의
  첫 만남

꿈이 하나 있었다. 더 오를 수 없는 곳까지 가고 싶었다. 대학교 1학년, 전공 책보다 산바람이 좋았다. 머리끝에 닿는 무거운 배낭을 메고 온 팔이 반짝반짝 저려도, 풀풀 날리는 마른 먼지를 흠뻑 마셔도 산길을 걷는 건 나에게 뻑 가는 즐거움이었다.

스무 살, 달뜬 마음을 밤새 술로 적셔도 채워지지 않는 젊음의 공허함은 항상 찌꺼기처럼 남아 있었다. 세상의 근심을 떨쳐 보려 무시로 공권력에 달려들어 보고, 때로 몰려다니며 거리를 배회하기도 했지만 가슴 한편, 양지바른 곳은 여전히 텅 빈 채였다. 누군가 젊음을 '성스러운 질병'이라 한 말에 동의한다. 정신이 따라가지 못한 육체의 성숙은 허망했다. 내 몸은 푸르렀지만 그 푸른 육체의 의미를 알아채기에 나는, 어렸다.

그런 중에 친구 손에 이끌려 찾았던 산악회는 가히 충격이었다. 여느 동아리에 만연하던 화사함과 웃음은 없었다. 칙칙했다. 그곳은 새내기를 향한 호들갑스러운 환영 인사, 와자지껄한 캠퍼스 분위기와 동떨어진 심각한 아웃사이더들의 공간이었다. 동아리 방이라는 곳에서는 무엇인가 오래 묵은 듯 매캐하고 구수하면서도 시큼한 냄새가 났고, 사방 벽에 걸린 날 선 도끼와 치렁치렁 매달린 알 수 없는 로프들은 거짓말을 보태 푸줏간의 그것과 같았다. 왠지 흥미롭다. 하지만 무뚝뚝한 선배의 성의 없는 인사는 그곳에 들어섬과 동시에 일었던 호기심을 단숨에 날려 버린다. 뻘쭘했다. 그들이 쏘아 대는 매서운 눈빛에는 한눈에 나를 읽어 내리고 말겠다는 의지가 들어차 있었다. 한동안 나를 뚫어져라 쳐다보던 이들은 이내 저 하던 일을 다시 했고 그리하여 나는 적막 속에 한동안을 앉아 있게 됐다. 신입생을 정적 속에 앉혀 놓는 저 강심장들은 도대체 누굴까.

쭈뼛쭈뼛 눈알만 굴리며 나는 상황을 파악하느라 정신이 없다. 도끼가 번쩍거리는 벽에 어지럽게 걸린 저 로프와 용도를 알 수 없는 쇳덩어리들조차 나를 쏘아본다. 조용히 손은 모아지고, 벽면 360도를 스타카토로 둘러본 뒤 주눅 든 시선을 아래로 떨군다. 순간, 떨어지던 시선의 두 배 속도로 고개를 들어 사진 하나를 보았다. 모두가 나를 노려보는 중에 유일하게 따뜻한 눈길을 건네는 사진이 있었다. 벽면 구석에서 자욱한 먼지를 덮어쓰고 수천 년 간 주인을 기다려 온 듯한 사진을 통해 내게 어떤 이야기가 혹 들어왔다. 그때 사진을 바라보는 내 눈에서 스파크가 일었던 게 아직 기억난다. 선배들은 나를 힐끗 보았고 나는 멍하니 벽만 응시했다. 자세히 보았다.

두 사람이 있었다. 그들은 머리 위로 한참 높이 올라간 빨간 배낭을 멨다. 만년설로 덮인 가파른 오르막을 오르던 두 사람은 잠시 멈춰 서서 뭔가 얘기를 주고받았다. 급박해 보이지만 사진 속 그들은 손을 슬며시 맞잡으려는 순간에 멈춰 있다. 박제된 그 상황에서 그들은 말을 할 수 없었지만 사진은 영상이 되어 나에게 말을 했다. 그들의 '견고한 고독감'과 함께 거친 호흡이 귀청을 울려왔다. 국문학자 김화영은 사진이 자신에게 말을 걸 때 이런 황홀을 맛보았다 했다. "사진은 단 한 순간의 반복할 수 없는 개별성과 일회성을 문득 하나의 작은 영원으로 고정시켜 놓은 것이다. 사진은, 세상의 모든 사진은 시간의 바다 위에 떠 있는 저마다의 섬이다. 내가 사진을 (그 사진이 무슨 사진이건 관계없이) 들여다볼 때 간혹 맛보게 되는 황홀감은 그 섬이 불러일으키는 견고한 고독감이다." 꼭 그렇게 사진 속 설산, 위태한 벽을 오르는 그들은 사진에서 튀어나와 방안 천장 가득 나와 3D로 마주했다.

그 사진 한 장은 대학 1학년의 내 가슴을 뛰게 하기에 충분했다.

극한의 추위를 잠재우는 저 부동의 눈빛, 사람들은 저 눈빛을 하고 풀 한 포기 품지 않는 인정머리 없는 설벽에서 인간의 언어로 대화를 나누고 있다. 그렇게 서로를 살피고 같이하고 있었다. 산은 저렇게 희구나. 말없는 그들의 생리. 조금 전 시큰둥하게 나를 쩨려보는 것으로 인사를 대신한 이곳 사람들의 진의는 그런 거였다. 어쩌면 사진 속 저들이 나를 노려본 사람인지 모른다. 사지를 함께 건너온 무뚝뚝한 '산재이'들에겐 그리 긴 말이 필요하지 않을 테고, 산을 내려와서는 그리움에 서로를 찾을 것이다. 찾지 못해 볼 수 없다면 수화기 너머의 표정을 헤아리는 일로 사무침을 대신하는 그런 류의 사람들. 그들이 나를 모멸 차게 쏘아본 건 자신과 생명을 나누고 그 사무침을 담보할 가슴을 지닌 놈인지를 판단해 보려는 것이었을 게다.

내 가슴은 뛰기 시작했다. 산이 떨려 왔다. 이후 우연히 길가 서점에 들러 생각 없이 넘기는 잡지에 흰 산이라도 있을라치면 사정없이 뛰는 가슴에 스스로도 놀라곤 했다. 내 젊음은 등에 착 달라붙은 배낭이 되었다.

쏟아질 듯 위태한, 에베레스트 남서벽.
내 가슴은 뛰기 시작했다. 산이 떨려 왔다.

머리칼이 바람에
엉클어지며
산속에 있다는 것

산 생활이 시작되었다. '멀리서 보면 새로 빨아 다려 놓은 옷 잇 같은' 화강암을 오를 때, 내 몸은 기뻐했다. 주름살 같은 표면에 손끝을 걸고 어쩌면 미켈란젤로를 즐겁게 했을지도 모를 자세로 오른다. 수직의 빙벽 한가운데 제대로 먹힌 피켈(빙설 등반용 얼음도끼)의 샤프트(피켈의 손잡이)가 미세하게 흔들리고 아이젠이 얼음 짝에 먹혀들 때, 나는 환장했다. 무거운 배낭을 지고 한 달도 좋고 두 달도 좋아라 이 땅의 마루금 누비는 일에 빠져들었다. 불안한 밤이 오면 배낭을 둘러멨다. 침낭 위로 쏟아지는 별과 나 사이를 그 어떤 것도 방해하지 않았다. 별빛에 가슴이 떨렸고 바위 봉우리 끝 희미한 텐트 불빛을 마음속 깊이 흠향했다. 엄청난 중량에도 창공에 부각된 화강암 등허리 위를 기어오를 때 흡사 잠들어 있는 거대한 괴물의 등딱지 위를 걷는 것 같은 착각이 좋았다. 머리칼이 바람에 엉클어지며 산속에 있다는 것, 그것은 내 몸의 온갖 성감대를 죄다 건드리고 다녔다. 산이 온몸으로 들어오기 시작했다. 한여름 능선 길, 굵은 비를 맞으며 선배는 후배의 체온을 확인하고, 한겨울 한파를 뜨거운 라면 국물과 힘찬 산가 한 자락으로 날려 버렸다. 추운 겨울, 선배는 자신의 침낭을 후배에게 덮어 주었고 후배는 새벽같이 일어나 밤사이 얼어붙은 선배를 위해 김이 나는 밥을 지었다. 힘들 때는 서로를 부둥켜안으며 울었고 즐거울 땐 서로를 기꺼워했다. 산에서, 같이하는 사람들의 마음결이 내 가슴에 무찔러 들어왔다.

　어느 정도 산이 마음으로 들어왔을 때, 나는 흰 산엘 가고 싶었다. 극한의 흰 산. 여전히 시간은 느리게 가고 수천 년 전 일었던 마른 바람이 어슬렁대며 불려 가는 곳, 얼음 주름살이 금빛으로 빛나는 곳, 인간은 신을 사랑하고 신은 인간을 보우하여 신과 인간이 한데 어울려 바람을 타고 달리는 곳. 신의 이야기가 새겨진 오색 깃발 룽다(타르초라고도 한다. 산스크리트어로 쓰인 티베트 불교 경전을 깨알같이 적어 바람 많이 부는 곳에 오색으로 매어 놓은 깃발이다. 티베트 사람들은 바람을 타고 경전의 경구가 온 세상에 퍼진다고 믿는다. 허말라야, 특히 바람이 많이 부는 모든 곳에 룽다가 휘날린다. 세계 최고봉 정상에도 어김없다)가 출렁이는 흰 산을 보고 싶었다. 인간의 땅이 아닌 곳에 인간의 모습으로 들어서고 싶었다. 나를 그렇게 쏘아보던, 그러나 가슴을 나눈 그들과 함께.

흰 산에 대한 욕망은 그때가 처음이 아니었다. 지금 생각하면 약관의 나이가 되기 전부터 그곳에 그리도 가고 싶었다. 어렴풋한 기억 하나가 있다. 고등학교 때로 기억한다. 한 무리의 사람들이 두꺼운 옷을 입고 헉헉대며 크고 가파른 흰 산을 오르던 모습을 텔레비전에서 보았다(당시 KBS 다큐멘터리 「마나슬루에 서다」로 기억한다). 카메라 앵글 저편에는 질리도록 시퍼런 하늘, 수직의 폭포처럼 쏟아져 내리는 절벽, 죽음이 아가리를 벌리고 선 듯 날 선 준봉들이 펼쳐지고, 그 속에 줄지어 개미처럼 오르는 사람들, 그 사람들을 브라운관은 포착해 나갔다. 하늘과, 절벽과 설산의 준봉은 그 사람들을 위해 둘러쳐진 광배였다. 먼 하늘에서부터 심호흡하며 절벽에 선 사람들이 쿵 쿵 쿵 소리를 내며 내 눈앞으로 줌 인 되어 왔다.

모든 게 멋있어 보이는 때였지만 그 멋은 유난했다. 치기 어린 마음 한편에 내 모습을 설산에 오르는 저 사람들과 오버랩시키고 꽉 쥔 손에 흥건히 고인 땀을 닦으며 자세를 고쳐 앉아 끝날 때까지 움직이지 않았다. 그때 그곳에 선 미물의 사람들이 왜 그리 커 보였는지 나는 모른다.

히말라야(Himalaya, 산스크리트어로 눈(雪)을 뜻하는 Hima와 집, 거처를 의미하는 alaya의 합성어. 먼 옛날 바다에 떠다니던 인도판 대륙이 아시아

오색 룽다가 에베레스트에서 숨을 거둔
산악인들의 무덤을 감싸 안는다. 선홍빛 잇몸을 가진
젊은 날의 말 하나를 떠올렸다.
나지막이 발음해 보는, '히말라야.'
내 안에서 솟아난 단어를 입 속에 머금어
조용히 반복하니 이내 폭풍이 되어 다가왔다.

판 대륙을 만나며 두 대륙이 맞닿은 부분이 융기했고 지상에서 가장 높은 산맥이 됐다. 6,000~8,000미터급 고봉들이 동서로 무려 2,500킬로미터에 버티고 있어 세계의 지붕이라 불린다. 기류조차 이 높은 산맥을 넘지 못하는데 사람은 넘는다. 히말라야 산맥 중 가장 높은 봉우리는 에베레스트다)에 대한 동경이 그때부터였는지는 정확하지 않다. 그러나 내 흰 산의 기억은 그때부터다. 그곳은 만년도 더 된 눈으로 덮여 있고 수천 년 전부터 녹아내린 회색의 빙하가 흐르고 있었다. 1억 년 동안 검은 벽이 굳건히 자리를 지켰고 시간이 더 이상 그곳을 지배하지 못하는 땅이었다. 고막이 터질 듯한 침묵이 사는 곳에 마른 바람이 횡하니 분다. 그 바람은 또 언제의 바람이던가. 산들이 희고 거칠수록 내 가슴은 요동쳤다. 선홍빛 잇몸을 가진 젊은 날의 단어 하나를 떠올렸다. 나지막이 발음해 보는, '히말라야'. 내 안에서 솟아난 단어를 입 속에 머금어 조용히 반복하니 이내 폭풍이 되어 다가왔다. 순백의 만년설과 눈부신 설경에서 인간이 뱉어내는 메시지는 무력했다. 사유와 이념이 관통할 수 없는 곳에서 모든 것들은 침묵에 동참했다. 나는 떨렸다.

2005년, 다음 해 2006년 여름 출정을 목표로 히말라야 원정대가 꾸려졌다. 목적지는 높이 8,035미터의 가셔브룸 1봉과 높이 8,012미터의 2봉이었다. 높이 8,000미터 이상의 히말라야 14좌 고봉들의 막내 격이다. 지난 1996년 가르왈 히말라야 산군의 마나파르밧

2봉(6,771미터) 등정 이후로 10년 동안의 오랜 침묵을 깨고 히말라야 원정에 나서게 됐다. 오매불망 기다리던 히말라야 눈발을 드디어 맞을 수 있다는 기쁨에 나는 잠을 이루지 못했다.

　훈련대원들을 모집하고 대상 산의 루트를 탐색하고 인도어 클라이밍(indoor climbing)과 주변 산들의 지형과 기상 상황 등을 연구하며 원정은 빠르게 기획되고 진행되어 갔다. 본격적인 훈련에 들어가기도 전에 나는 만년설 위를 걷고 있었고 정상 등정을 한없이 갈망했다. 이번 원정대에 꼭 들어야 했다. 입사 6개월 된 사회 초년생으로 직장 안에서 많은 일들과 관계들을 배워 나갈 때였지만 나에게는 그런 것들이 중요하지 않았다. 회사의 허락은 안중에도 없었고 다만 가족들과 여자친구의 허락이 조금 걱정될 뿐이었다. 그마저도 뜻대로 되지 않으면 그저 혼자 떠나면 된다고 생각했다. 산악회 내에서도 나를 원정대원으로 일찌감치 낙점하고 원정 준비에 돌입했다. 세상은 쉬웠다. 모든 것이 다 잘될 거라 믿었고 나는 자신감에 도취되어 원정대 첫 훈련에 운명처럼 따라나섰다.

거대한 설사면. 왼쪽 아래의 휘어진 옐로밴드를 보면
산이 만들어진 순간 충격을 가늠할 수 있다.

내 발목을
잘라라

그날은 그리도 추웠다. 빙벽을 찾아 거친 사면을 올랐다. 가파른 길을 오르느라 달아오른 열기로도 몸은 더워지지 않았고 두꺼운 장갑에도 추위는 손가락 끝을 파고들었다. 얼음 위로 들러붙은 신설(新雪)은 제게 닿는 모든 것들을 밀어내고 미끄러지게 했다. 신경을 곤두세워 사나운 경사를 올랐고 입김이 얼굴을 뒤덮었을 때 나는 마침내 크고 푸른 빙벽과 마주했다. 속눈썹을 간질거리며 눈이 흩날렸다. 히말라야 원정을 위한 첫 훈련이었음에도 다른 때보다 준비 상태는 미흡했다. 당시 나는 갓 입사한 첫 직장에서 정신 못 차릴 정도로 바쁜 날을 보내고 있었다. 그리 좋아하던 빙벽 등반 시즌조차 잊을 정도였다.

급하게 출발하느라 미처 손질하지 못한 빙벽 장비와 크램폰(빙벽 등반용 아이젠)을 서둘러 채비하고 본격적인 등반에 임한다. 오르기 전, 쏟아질 듯 나를 노려보는 거대한 빙벽에 왼손을 붙이고 잠시 눈을 감아 나를 올려 달라 기도했다. 바위나 빙벽을 오를 때, 두려움이 유난한 날이 있고 두려움을 느끼지 못하는 날이 있다. 그러나 두려움이 사라진 적은 없다. 나는 두려움의 근거와 증거는 잘 알지 못한다. 단지 두 다리로 대지를 딛고 바람 부는 곳을 향해 얼굴을 쳐들 뿐이다.

등반 장비를 차는 동안 장비가 부딪히며 날카로운 금속 소리가 나기 시작하면 이내 농담은 사라지고 침묵만이 흐른다. 침묵 속에서 긴장감은 고조된다. 아이젠을 얼음 짝에 세우기 전, 연습 삼아 왼손에 잡은 아이스바일(빙벽 등반용 피켈)을 힘껏 내리치니 아이스바일 끝으로 미세한 진동이 전달된다. 제대로 먹힌다. 오늘, 이 벽은 나를 받아 줄 것 같다. 그런데 연이어 찍어 내린 오른손 아이스바일은 청빙에 튕겨 나갔고, 이때 피크(아이스바일의 날 앞부분)가 돌아갔다. 산이 나에게 내려가라는 메시지를 보내는 건가. 세밀하게 체크하지 못한 장비의 문제가 아니라 이 산, 오늘 이 빙벽이 나를 받아들이지 않겠다는 신호임을 그땐 알아차리지 못했다.

간밤에, 커다란 빙벽의 중턱에서 떨어지는 악몽을 꾸었다. 떨어지며 양팔과 두 발을 휘저었고, 땅에 떨어져서는 덮었던 이불을 움켜쥐며 끄응 하고 뒤척였다. 나는 아직 출발하지 못하고 멍하니 돌아간 피크를 보고만 있었다. 선배님들의 호통 소리가 멀리서부터 작게 들리다가 점점 크게 비로소, 들려온다. 눈앞의 빙벽을 넋 놓고 보다가 호통 소리에 정신이 들었다.

등반이 시작된다. 오랜만의 등반 때문인지, 어젯밤 꿈 때문인지, 돌아간 피크 때문인지 빙벽을 오르는 내 몸은 이미 굳어 있었다. 아이젠과 피켈이 제대로 먹혔음에도 연신 헛발질과 헛스윙을 해 댔다. 믿지 못해 벌어지는 일이다. 굳은 동작이 먼저인지 떨어져가는 전완근의 힘과 악력이 먼저인지 알지 못했고, 출발 전 돌아간 피크만 생각났다. 등반 동작의 메커니즘은 이미 무너졌다. 첫 번째 스크루 확보물을 어렵게 설치한 다음 다소 안정을 되찾았지만 리드미컬한 모션은 다시 살아나지 않았다. 두 번의 스텝을 이어가다 느닷없이 어제 꿈에서처럼 나는 추락, 자유낙하했다. 시간이 꽤 지났을 텐데 나는 아직 떨어지고 있었다. 세상은 고요했다. 지상으로부터 7미터 지점을 오를 때 땅으로 추락했다. 첫 입사 후 7개월이 지난 때였으며 어머니가 돌아가신 지 1년이 채 지나지 않은 날이었고 겨울이었고 여자친구와 심하게 다툰 다음 날이었다.

떨어지고 난 다음의 상황은 정확히 알 수 없다. 단지 나는 빙벽에서 떨어졌고 떨어졌다는 걸 받아들이지 못하고 있었으며 이 모든 걸 인지할 수 없다는 사실을 인지했다. 그 외에는 아무것도 기억할 수 없다. 아프지는 않았다. 선배님들은 빙벽 앞에 널브러진 내게 와락와락 고함을 쳤고 나를 안아 끌어냈다. 소리가 들리지 않았지만 입 모양이 컸고 침이 튀었던 걸로 봐서는 고함을 치고 있었다. 같이 등반했던 선배님들이 더 놀랐는지 애써 나를 안정시키려 노력하는 게 느껴졌다. 급히 부산을 떨며 커피를 끓여 밀어넣듯 연신 내 입에 갖다댔다. 뜨거운 커피가 약이 됐는지 얼마간 여유를 떨며 구조대를 기다렸다.

지구 자전 소리의 상상할 수 없는 굉음을 인간은 듣지 못한다. 꼭 그것처럼 추락 직후 짧은 시간 동안 내 고통은 인간이 느낄 수 있는 고통의 반경 밖에 있었다. 울산 지역에서 출동한 119 구조대는 두 시간 뒤, 들것과 응급구조 장비, 비상약 등을 짊어지고 도착했다. 그리고 곧 범위 밖에 있던 고통이 자장 안으로 들어왔다. 역치를 잠시 넘어섰다 돌아온 고통은 이전과 완전히 달랐다. 통증의 수은주가 벌겋게 팽창했고 나는 말을 잇지 못했다. 목덜미를 길게 뻗어 뒤통수를 땅에 처박았다. 희번덕 눈을 뒤집고는 하늘을 보았다가 땅을 보고, 그걸 다시 반복했다. 그 와중에 나는 내 다리를 부여잡으며, 보고야 말았다. 미끈한 다리의 봉긋한 장딴지 라인 끝에 자리 잡고 있어야 할 내 발목뼈가 제멋대로 튀어나와 꺾여 있었다. 크게 잘못되었음을 직감했다. 화면은 순식간에 점으로 수렴됐고 곧바로 사라졌다. 기절했던 것이다.

구조대에 실려 인근 병원에서 응급처치를 받았다. 묵직한 이중화(빙벽 등반용 플라스틱 신발)를 자르고 바지를 찢어 부목을 대고 진통제를 주사한 뒤 곧바로 큰 병원으로 가는 응급차에 나를 다시 실었다. 실려 가는 중에 진통제도 듣지 않는지 통증은 극한을 향해 갔다. 통증보다 더 큰 고통은 조각난 뼈들 사이로 들어가 그것을 상상하고 부서진 뼈들의 상황을 스스로 가늠하는 일이었다. 단지 상상일 뿐이지만 고통을 능가하는 고통이 폭풍처럼 몰려온다. 공포다(누군가 말했다. 공포는 인간의 고통 중 엄숙하고 부단한 것에 마음을 빼앗기게 하고 이를 보이지 않는 원인과 하나가 되게 하는 감정이라고. 참으로 맞는 말이다). 아픈 발목에 상상의 고통이 더해졌다. 나는 고통을 잊으려 왼쪽 발목을 스스로 자르고 싶었다. 구급차에 동승했던 선배님께 내 발목을 잘라 달라고 소리쳤다.

조각난 꿈

그날 도착한 병원에서 의사는 내 왼쪽 발목을 진단한 후 '절단'이라는 말을 아무렇지 않게 내뱉었다. 내가 본 것은 조각난 발목이 아니라 엑스레이에 비친 절망의 모습이었다. 피와 살은 어느 틈에 분해되고 소멸하여 안개처럼 형체도 없이 사라졌고, 흐릿한 가운데 정교하게 뻗어 나간 발목 뼈마디 위쪽에는 좁쌀만 한 뼈들이 산산이 깨져 붕 떠 있었다.

의사는 컴퓨터단층촬영(CT)과 자기공명영상(MRI) 촬영 결과, 발목 언저리 복숭아뼈가 맥주 캔 찌그러지듯 으깨져서 육안으로 확인된 것만 스물일곱 조각이 났고, 발목을 연결해 주는 정강이뼈 하단, 아킬레스건이 잇고 있는 뼈가 끊어져 살을 뚫고 나왔다고 했다. 수술은 불가피하고 그나마 할 수 있는 최선의 방법이 멀쩡한 정강이 중단을 쳐서 올린 다음 그 사이 빈 공간으로 튀어나온 뼈들을 끼워 넣어 바수어진 뼈들을 잇는 것이었다. 의사는 수술이 잘되도 제대로 걷기는 힘들고, 잘 안 될 경우엔 절단할 수밖에 없다면서 밋밋하게 수술동의서를 내밀었다. 서명을 받은 의사는 곧 수술에 들어갈 테니 마음 단단히 먹으라고 건조하게 말했다.

외과 집도의와 마취과 의사 등 세 명의 의사들이 일요일 오후에 급히 모였다. 의사들은 내 발목에 유성매직을 그어 가며 그들 나름대로의 수술 계획을 논의하더니 팔뚝만 한 마취주사를 내 척추에 찔러 넣었다. 하반신 마취만을 했던 터라 내 눈과 귀는 열려 있었다. 그들의 말이 또렷이 들렸고 큰 연꽃을 엎어 놓은 모양의 서치라이트는 강렬했다. 눈부셔 못 이기는 척 눈을 감았는데 눈이 여전히 밝았다. 침을 읍 하고 삼키니 울대 넘어가는 소리가 스테레오로 들렸다. 귀도 밝아 왔다. 아닌 게 아니라 그들이 섞는 말에는 '절단'과 '커팅(cutting)'이 난무했다. 정말로 자른단 말인가, 갑자기 두려움이 치밀어 올라 개소리하지 말라고 고함치고 싶었지만 막상 목구멍까지 밀어 올리지는 못했다. 그제서야 억울함과 분함, 자괴감, 후회가 한데 뒤섞인다. 수술대에서 얼굴을 모로 돌렸으나 감은 눈 사이를 눈물이 비집고 나왔다.

망치로 무엇을 바수는지 의사는 발목 근처를 연신 두드려 댔고 그럴 때면 속수무책으로 내 몸도 따라 흔들렸다. 드릴 소리가 끊이

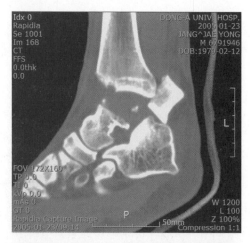

조각난 아킬레스건과
발목뼈

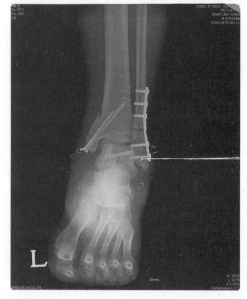

수술 직후
CT 사진

지 않았고 미세하게 돌아가는 고성능 절단기는 내 뼈의 마디마디를 잘랐다. 누군가 수술 모습을 촬영하는 것 같았고 끊어 내고 찢어 내는 중에 그들은 돌아가며 자장면을 먹었다. 그들에겐 일상인 듯 내 발목의 뼈와 살을 벌려 놓고 먹는 모습이 꽤나 자연스럽다. 휴일에 급하게 주문을 받았는지 의료기기 회사의 누군가가 수술방으로 들어와 스틸스크루(steel screw)가 있니 없니 하며 웃음 섞인 농담을 한참 나누고 돌아갔다. 도륙 수준의 여섯 시간 긴 수술이 마무리되고 나는 반병신이 되어 병동으로 내팽개쳐졌다. 무릎 위까지 붕대가 친친 감겨 있었다. 이제 일상이 될, 병든 다리를 보전하는 일은 내 몫이 됐다. 다행인지 불행인지 곡절 끝에 수술은 잘됐고 다리를 자르는 사태까진 일어나지 않았지만 오랫동안 품었던 흰 산을 향한 내 꿈은 날아갔다. 모든 것이 무너졌다.

할머니는 나를 부여잡고 통곡했고, 먹어야 산다면서 집에서 병동으로 매일 먹을 것을 들고 날랐다. 아버지와 형님은 두 번 다시 산에 가면 나머지 발목도 분질러 놓겠다 엄포를 놓았다. 병문안 오는 친지, 지인 들은 이만한 게 천만다행이라며 돌아가신 어머니가 나를 살린 거라 했다. 또 약속이나 한 듯 다신 산에 가지 않기로 맹세를 받고 돌아갔다.

절망의
메커니즘

 산에 가면 안 되는 거였다. 자신의 꿈을 좇는다는 건 이리도 허망한 것이었다. 결국, 이렇게 끝나고 마는 것이었다. 주는 것이나 먹어야 했고, 먹고살기에도 바쁜 세상이었다. 꿈은 팔자 좋은 사람들의 인생놀이에 지나지 않았음을 나는 알아채지 못했다. 진즉에 주제 파악을 했어야 했다. 그저 애면글면 살아가야 했다.

 발목이 산산이 부러진 이후로 흰 산에 대한 떨림은 떨림으로 그쳤다. 내 다리의 뼈가 끊어짐과 동시에 나를 우주와 연결시켜 주는 꿈이라는 네트워크도 끊어져 버렸다. 부러진 발목으로 산은커녕 회사도 제대로 다니기 힘든 상황에 놓였다. 회사 구내식당에서는 동료가 식판에 밥과 반찬을 아침 점심으로 받아 주었다. 그들은 멀쩡했으므로 가끔 그들의 말없는 호의를 동정과 경멸로 오인하기도 했다.

통근버스 계단을 목발로 올라 자리에 앉기까지 빠르지 못한 내 움직임을 사람들은 통로로 고개를 내어 빤히 지켜보았다. 한 발로 위태롭게 뛰어 팀장님에게로 가서는 불안한 자세로 업무 보고를 했다. 어설프게 다니다가 자빠지거나 넘어지는 욕이라도 보일까 싶어 회사에서는 자리를 뜨지 않았다. 그러다 큰맘 먹고 화장실에 한번 틀어박히면 역한 냄새를 맡으면서도 멍하니 한참을 앉아 있었다.

하나뿐인 누나의 결혼식에 목발을 짚고 나타나 가족사진을 찍었다. 친지들은 혀를 찼다. 샤워를 앉아서 해야 했고 발가락 끝만 나와 있는 캐스트(깁스)는 항상 더러웠다. 캐스트 밖으로 노출된 발가락은 추위에 시퍼렇게 변했지만 나는 가만두었다. 보기 싫은 목발은 사무실 책상 한편에 불행한 나처럼 항상 넘어져 있었다. 거치적거리는 목발이 저주스러웠고 자유롭게 걸어 다니는 모든 사람이 미웠다.

커다란 망치가 뒤통수를 치고 갔다. 지난날엔 일상이던 것이 모두 낯설어졌다. 낯선 일상이 나를 밀치고 갈 때마다 귀에서는 이명이 울렸다. 머리를 움켜잡고 지새운 밤을 헤아릴 수 없다. 몸은 빙벽에서 땅으로 떨어졌으나 마음은 더 깊은 나락으로 빠졌다. 누군가 내 뒤에서 말하는 것 같다. 추하다. 나는 가두어졌다.

한 달여 병상 생활을 마무리하고 퇴원할 때 의사는 캐스트에 볼펜을 두드려 가며 말했다. "다시 등산을 하는 순간, 왼쪽 다리는 영원히 회복하지 못합니다. 발목을 쓰는 모든 운동을 중단하고 더 무리를 줘서도 안 됩니다. 단, 나중에, 어느 정도 뼈가 제자리를 찾아갈 때 캐스트를 제거할 건데 그러고 나면 발목에 무리를 주지 않는 수영 등의 운동으로 사태가 더 나빠지는 것을 방지할 수는 있습니다."

갈기 같은 머리로 이 산 저 산을 헤매고 다니던 사람에게 집에 틀어박혀 살아라 했다. 꽃이 피면 산에 가서 바위를 오르고 눈이 오면 빙벽에 몸을 세우던 사람에게 다리를 쓰지 마라 했다. 나는 사형선고를 받았다. 그러나 의사가 말끝에 발목 저항을 적게 받고 부하를 최소화하면서 운동 효과를 얻을 수 있는 건 수영이라 했던 것을 곱씹었다. 나는 재활의 유일한 방편이 수영이라 믿었다. 그 때부터 죽어라 수영을 했다.

회사 출근 시간은 아침 8시였는데 통근버스를 타려면 6시에 집을 나서야 한다. 새벽 5시에 일어나 새벽 수영반에서 6시까지 수영을 했다. 퇴근 후에도 밤 8시부터 9시까지 수영을 했다. 수영으로 상황을 반전시켜 보려 했다. 그러나 역부족이었다. 여전히 내 발목은 프랑켄슈타인처럼 기괴한 수술 자국으로 끔찍했고 까치발을 해야만 걸을 수 있었다.

딴짓해도 괜찮아

원정대와 주민들은 각종 물자를
히말라야 야크로 운반한다.

그 시절, 나는 희망을 믿지 않았다. 절망이 지속되어 이미 생활이 되어 있었고 오늘은 어김없이 어제가 지배했다. 전두엽이 덜어내진 사람처럼 초점 없는 눈빛으로 매일을 받아들였다. 부러진 다리, 짚고 선 짝다리는 그래서 바르게 선 다리들을 그리워하고 시기했으며 더러는 값싼 질투도 서슴지 않았다. 어느 순간 조용히 그것이 내 삶이라 여기게 됐다. 부러진 내 발목은 아랑곳없이 원정대는 히말라야로 출정했다. 그들이 김해공항을 떠난 토요일 아침, 그들을 배웅하고 절뚝거리며 다시 사무실로 출근하는 내 모습이 추했다.

사람은 뼈가 부러져 죽는 게 아니라 절망으로 죽는다. 절망은 지옥의 말이다. 언제나 오는 오늘로 인해 세상은 희망을 말하지만 그 오늘이 지금의 오늘이 아니라 허황된 내일의 오늘, 지나간 어제의 오늘이 될 때 우리는 절망의 보균자가 된다. '바로 지금 여기'를 살지 않는다면 그건 오늘을 허송하는 것이다. 다리가 부러졌든 희망이 사라졌든 나는 역사상 두 번 다시 오지 않을 오늘을 살아야 했다. 과거가 늘 오늘을 지배했기에 절망의 바이러스가 서식하기 좋은 숙주가 됐고 목발을 짚고 다니는 모든 곳이 지옥으로 감염돼 갔다. 이것이 절망의 실체였고 절망의 날들이 내 삶을 지배해 간 메커니즘이었다.

2장

지금이 아니면
언제란 말인가

나는 편도나무에게 말했노라.

"그대여, 나에게 신의 얘기를 해다오."

그러자 편도나무에 꽃이 활짝 피었다.

– 니코스 카잔차키스, 『영혼의 자서전』 중에서

꿈 하나를 불러내어
곱게 빗질하다

    입사 후 3년, 나는 첫 진급 심사에서 누락됐다. 수치스러웠다. 업무는 지지부진했고 반복되는 일과는 지루했다. 최선을 다하지도 않았지만 그렇다고 형편없지도 않았다. 삶은 나를 떨리게 하지 않았다. 조직의 사다리 맨 끝을 로망처럼 우러러봤지만 첫 관문에서부터 보기 좋게 미끄러졌다. 그때 내 정강이뼈는 주식 차트처럼 부러져 있었고 발목은 조각나 있었다. 구석에 내팽개쳐진 내 목발처럼 어두운 시간들이 거듭 밀려왔다. 세상과 맞짱 뜨리라 호기 넘쳤던 신입사원은 온데간데없고 거북목을 한 월급쟁이가 되어 갔고 매력 없는 사람이 되어 갔다. 만년설을 동경했으나 발목은 산산이 바수어졌고 직장에서만큼은 만회해 보려 했던 실낱같은 희망마저도 사라져 버렸다. 나는 어쩌지 못하는 상황에 직면했다. 그

때 나는 죽은 사람 같았다. 그러나 돌이켜 보면 모든 게 끝났다고 생각되는 그때, 내 이야기는 시작됐다. 나는 동공 풀린 눈을 고치고 죽지 않기 위해 사지(死地)로 가는 역설을 택한다. 절망은 사람을 죽이기도 하고 살리기도 한다. 그래서 우리에게는 절망을 다루는 연습이 필요할지 모른다. 희망은 절망에서 시작하기 때문이다.

나에겐 꿈이 있었노라 외치는 1그램의 회심이 내 안에 살아 있음을 알았다. 나는 3일간 단식을 하며 그 1그램의 부피를 찾으려 필사적으로 내면을 헤맸다. 어제의 나와는 이제 영원히 단절하겠노라, 곡기를 끊는 의식(儀式)을 치르고 어제가 더 이상 오늘을 지배해서는 안 된다는 그 절실함만 남겨 일상의 모든 습관으로부터 나를 단절시켰다. 그러고는 오로지 나, 나의 미래, 나의 꿈에 대해서만 고민하기 시작했다.

나라는 인간은 무엇으로 이루어져 있을까, 나는 무엇을 좋아하며 무엇을 싫어하는가, 어느 곳에 있을 때 기뻐하고 누구와 함께할 때 편안한가, 무엇을 잘하고, 무엇을 하고 싶은가, 예전의 꿈은 무엇이었으며 지금의 꿈은 또 무엇인가, 어떤 인간이 되기를 바라는가, 과거 내가 이룬 성취는 무엇이며 가장 가슴 아팠던 일은 무엇이었나, 내가 가진 우수한 기질은 무엇이고 단점은 무얼까.

나는 생전 처음 나에게로 깊이 침잠해 들어갔다. 나의 맨 아래, 그 내면의 고요함이 흘러넘치는 지점에서 앞으로 10년을 그렸다.

지금으로부터 10년 후 지점으로 나를 미리 데려다 놓고 마치 지난 10년간 나에게 벌어진 일인 것처럼 기쁜 마음으로 회상했다. 나에게 일어날 그러나 이미 일어난 숨 막히는 광경 열 가지를 뽑아 들고 생생한 기록으로 남겼다. 나에게 곧 일어나게 될 미래의 아주 멋진 일을 손에 잡힐 듯한 '지금'으로 묘사했다. 그렇다. 이 황홀한 풍광들은 바로 이루어진 미래였다. 떨리는 경험이었다. 나는 지금의 나를 미래 어느 시점으로 끌고 가, 내가 이루고자 하는 장면들 속에 배치시켰다. 미래가 손에 쥐어졌다. 나는 이루어진 미래 열 가지, 그 가슴 뛰는 순간들을 떨리는 목소리로 말했다. 처음에는 작은 소리로 말하기 시작했으나 나중에는 울먹이며 큰 소리로 절규했다. 나는 열 가지 풍광의 첫 번째로 지구의 용마루에 오른 순간을 포착하여 묘사했고, 그 내용을 떨리는 육성으로 말했다. 나는 눈물을 보이고 말았다.

절망은 희망이라는 백신에 맥을 추지 못했고 비전이라는 주사에 환부는 가라앉았다. 단식 3일째 되던 날 아무것도 넣지 않고 끓인 배춧잎과 감자, 고구마를 우격우격 씹으며 삶의 맛이 무엇인지 희미하게 알게 됐다. 먼지 풀풀 날리는 지하에 오래 묵혀 둔 꿈이 솟아났다. 나의 내면은 여전히 아물지 않은 내 발목의 흉터처럼 고약했지만, 정신 못 차리고 주제 파악 못하는 인간이라 욕먹는 걸 감수하고 부끄럽게 나의 꿈을 꺼내 놓았다. 나는 차마 놓아 버릴 수 없는 꿈 하나를 불러내어 곱게 빗질해 주었다.

　나를 가둔 사람은 나였다. 여전히 청춘이었지만 늙은 문장으로 마음의 노화를 부추기고 있었다. 발목은 부러졌지만 여전히 내 등뼈는 곧추세워져 있다는 걸 잊고 있었다. 발목은 산산조각 났으나 단단한 허벅지는 아직 부러지지 않았음을 알지 못했다. 매일의 오늘을 부러진 발목으로만 살았다. 단 하루를 살아도 나답게 살아 보려 했는가. 나에게 남아 있는 날 중 가장 젊은 날, 바로 오늘, 그것을 시작하리라. 내 꿈을 세상에 내놓고 세상과 멋지게 한판 붙어 보리라.

인간의 것과 신의 것.
나는 어떤 인간이 되기를 바라는가.

{ 나는 아무래도
산으로 가야겠다

입 속으로 오물거리던 꿈을 입 밖으로 낸 다음의 삶은 경이로웠
다. 꾸준한 수영 연습이 제 몫을 했는지 엉거주춤 제대로 걷지 못
했던 다리가 회복의 기미를 보인다. 회복의 때가 되어 나아진 건지
는 알 수 없다. 아주 가끔이지만 다시 미소가 돌아왔고 부러진 다
리의 현실이 그리 혹독하지 않다는 생각이 서서히 고개를 든다. 사
는 법은 죽는 법에 달려 있었다. 시기를 맞추어 경이로운 일은 또
일어난다. 그 무렵 몸담고 있는 산악회에서는 2008년 유럽 최고봉
엘부르즈 등정에 이어 6대륙 최고봉(유럽 엘부르즈(5,642미터), 아시
아 에베레스트(8,848미터), 북미 맥킨리(6,194미터), 남미 아콩카과(6,962미
터), 아프리카 킬리만자로(5,895미터), 오세아니아 칼스텐츠(4,889미터)가 6
대륙에 걸친 최고봉 산들이다. 여기에 남극 빈슨(4,897미터)을 더하면 7대

룩 최고봉이고, 남극점, 북극점, 에베레스트 정상은 지구의 3대 극지점이다. 7대륙 최고봉과 3대 극지점에 더해 히말라야 14좌까지 이 모든 걸 오른 사람은 산악 그랜드슬램에 등극한다. 세계 최초로 산악 그랜드슬램을 달성한 사람은 한국의 고 박영석 대장이다) 등정 계획의 두 번째 대상지로 아시아 대륙의 최고봉이자 세계 최고봉인 에베레스트(2,500킬로미터에 달하는 히말라야 산맥 중 쿰부 히말라야 지역에 있는 세계에서 가장 높은 봉우리. 1849년부터 영국이 식민지 인도에서 히말라야 산들의 측량 사업을 시작한 처음에는 '봉우리 b(peak b)'로 명명했다가 1850년에는 '봉우리 h(peak h)', 이후 '봉우리 15(peak 15)'으로 이름을 바꾸어 불렀다. 1852년 이 산은 해발 8,840미터로 측량되어 세계 최고봉임이 증명되었고 1865년, 당시 측량 사업에 평생을 바친 영국인 조지 에베레스트 경의 이름을 따 에베레스트가 산의 이름이 되었다) 등반을 결정한다.

모두들 들떴다. 에베레스트는 산을 다니는 사람들의 마지막 꿈이다. 막대한 원정 자금과 가족들의 반대에도 불구하고 난다 긴다 하는 쟁쟁한 선배님들과 후배들이 주변 정리에 들어가고 출사표를 던지기 시작했다. 여기저기서 자신이 원정대원 적임자임을 말했고 만나면 에베레스트 얘기로 시간 가는 줄 몰랐다.

그들 사이에서 내 안에 타고 있던 불씨를 드러낼 순 없었다. 조건도 되지 않고 쥐뿔도 없는 주제지만 가슴에 삭혀 놓은 꿈이 몽글몽글 올라와 작은 불씨를 맞닥뜨린 그 떨리던 순간을 나는 기억한다. 흰 산, 손의 땀을 닦아 가며 자세를 고쳐 앉아 뚫어져라 쳐다보던 만년설, 내 가슴을 뛰게 했던 숨소리, 눈 감으면 들리던 청량한 바람 소리, 높은 준봉들을 거느리듯 의젓하게 서 있는 정상 봉우리들. 뼈가 으스러져도 차마 잊지 못했던 그들을 볼 마음에 내 속은 타들어 갔다. 그러나 내 다리는 부러져 있었다. 나는 곧 성급한 상상을 그만두었다. 나보다 앞서 있는 선후배들 사이에서 내 상상을 조절해야 했다. 무엇보다 과거 4년 전 성급한 자만으로 히말라야 원정을 물거품으로 날려 버린 기억은 내 불씨를 차갑게 유지시켰다. 뜨겁게 타올라 끝에서 혀를 날름거리며 요란하게 춤추는 빨간 불이 아니라 시작점에서 조용하고 차분하게 타오르기를 반복하여 뜨겁지만 냉정한 파란 불이 되어 있었다. 그러나 파란 불도 엄연히 불이었다. 대상지가 어디든 상관없었다. 내 한계를 넘어서는 그곳이 에베레스트가 될 것이었다. 가리라. 아주 오랫동안 꿈꾸지 않았는가. 불같은 화살이 내 핏줄을 타고 지나가는 것 같은 당황과 흥분이 일었다.

실제 대원 모집이 진행되고 훈련에 돌입했을 때 산악회 내에는 내가 진짜 원정에 참여하리라고 생각한 사람이 없었다. 체구도 왜소했고 체력도 좋지 못했으며 무엇보다 부러진 다리로는 결코 오르지 못한다는 사실을 아무도 의심하지 않았다. 더군다나 산악회에서 가장 큰 사업 중 하나인 세계 최고봉 등정 계획에는 출혈을 감수한 막대한 물력이 투입되므로 승산 없는 자가 끼어들어 물을 흐릴 수 없는 노릇이었다.

백번 맞는 말이다. 고소 등반에서는 제 아무리 체력 좋은 사람이라도 제 몸 하나 간수하기 어렵다. 체력도 되지 않는데 의욕만 앞서 나서게 되면 자신은 물론 팀 전체에 불확실성만 높인다. 혹여 사고라도 나면 다른 원정대원에게 심적, 물적 부담이 되는 것은 물론, 그들에게서 원정대의 등정 가능성을 빼앗게 된다. 다른 대원들에게도 일생일대의 큰 꿈이었을 세계 최고봉 등정 기회를 잃게 하고 팀워크를 무너뜨릴 수는 없는 일이다. 옳다. 그래서 나는 갈 수 없다.

뿐만 아니다. 생각해 보니 나는 직장에 매여 있는 처지였다. 또 이제 막 뛰놀기 시작한 세 살배기 아들에게 아빠가 가장 필요한 시기였고 다리가 부러진 사고의 이력이 여전히 주홍글씨처럼 따라다니는 사람이었다. 그러고 보니 이 다리로, 애아빠가, 일 안 하고 어딜 간다는 건지. 순간 쓴웃음이 흐른다. 무슨 염치로 원정에 참여할 수 있단 말인가. 조용히 뜻을 거두고 마음속으로 원정을 접는다. 접어야 한다. 접었다. 뜻을 꺾으니 편하다. 다친 다리가 서서히 회복해 가는 중이어서 훈련 중에 또는 등반 중에 혹시나 있을 수 있는 부상을 노심초사하지 않아도 됐다. 또 원정에 참여했을 때 겪어야 할 가혹한 주변 정리와 주위 사람들에 대한 불필요한 저항에 시달리지 않아도 됐다. 회사에서는 또 어떻게 두 달간 자리를 비울 것인가. 혹여 비울 수 있다 하더라도 뒷날 겪게 될 불이익과 후사는 불 보듯 뻔하다. 회사에서 휴가 문제가 해결된다 하더라도 집안의 평지풍파는 어떻게 잠재울 것인가. 삶이 사나워지겠다. 조용히 살면 이 모든 문제는 일어나지 않는다. 그러나 시시때때로 울컥 솟아오르는 가슴속 불덩이를 감지했다. 당황스러운 마음을 감출 수 없는 만큼 악마적 갈등이 멈추지 않았다.

악마 메피스토는 파우스트를 유혹한다. '이미 떠나지 않기로 마음먹은 일이지 않은가. 불기둥에 차가운 물을 뿌려라.' 파우스트가 말한다. '아니다, 부인하지 마라. 네 욕망에 솔직하라.' 메피스토는 지지 않는다. '그 많은 송사는 어쩌할 것이냐, 아서라, 삶이 시끄러워질 뿐이다. 거기는 사지일뿐더러 떠나 있는 기간 동안의 가족 생계는 어쩌하려느냐.' 파우스트는 반문한다. '가지 못한 너를 견딜 수 있겠느냐. 애써 이 떨림을 누를 필요는 없다.'

갈등은 끊이지 않았고 부지불식간에 타올랐다 잠잠해지기를 반복하는 불덩이를 도저히 숨길 수 없는 지경이 되었다. 좋다. 나는 계약한다. 내가 원정에 참여하는 대가로 잃어야 할 것이 있다면 잃겠다. 그러나 지금, 여러 사람에게 공언하진 말자. 대신 혼자 조용히 준비를 시작하겠다. 내가 그곳에 가지 말아야 할 이유는 2박 3일 동안 쉬지 않고 읊을 수 있다. 그러나 내가 그곳에 가야 할 이유는 단 하나였다. 현실에 질식당하던 내 꿈. 나는 아무래도 산으로 가야겠다.

일터와 산이라는 상호 배타적인 가치를 놓고 소모적인 고민 없이 산을 오르는 프로 산악인들이 나는 부러웠다. 프로 산악인의 원정과 아마추어 산악인의 원정은 출발부터 다르다. 전문 산악인도 나름의 고충과 어려움이 있겠지만 그들의 원정은 계획 단계에서부터 이미 많은 것이 이루어져 있다. 몇 달간의 휴가를 위해 밥줄을 걸고 직장에 읍소할 이유가 없으며 집안의 반대도 완강하지 않다. 오히려 지지를 받는다. 가계에 보탬이 되는 유일한 길이기 때문이다. 마음만 먹으면 몇 개월을 온전히 몸만들기에 전념할 수 있다. 주뼛주뼛 손 벌리지 않아도 막대한 원정 자금을 안겨 주는 화려한 후원자가 줄을 섰다. 우리의 원정은 그들에 비하면 눈물겹다. 회사의 허락, 가족의 지지, 짬짬이 눈치 보며 해야 하는 훈련, 가진 돈을 탈탈 털어도 맞춰지지 않는 원정 비용. 패배하며 시작하는 것과 같다. 매일의 일상이 넘어야 하는 높은 산이다. 특히 자금력이 없으면 굵직한 원정은 불가능하다. 한 번 원정에 보통 4인 기준으로 1억~1억 5000만 원 정도가 소요되므로(2010년 당시 에베레스트 원정 자금은 1억 4800만 원이었다) 자금이 준비되지 않으면 해외 원정이나 큰 등반은 엄두도 낼 수 없다. 그래서 큰 원정 등반의 수행 능력이나 횟수에 따라 산악회나 단체의 위상이 달라지기도 한다. 당연히 등반가가 자신의 등반을 추구하는 데 있어서는 대규모 자본 동원이 필수적인데 프로 산악인들은 이 부분이 처음부터 해결된다. 다만 자신이 생각하는 등반 가치와 후원자의 요구가 다를 때 오는 갈등을 내적으로 해소해야 하는 불편함은 있다. 산과 물력이 엉키는 지점이기도 하다.

한편 아마추어 산악인 사이에는 아내와 가족을 설득하기 위한 온갖 에피소드가 난무한다. 그들도 나와 다르지 않게 파우스트와 메피스토 간에 맺어지는 '악마와의 계약'에 버금가는 맹약들을 체결한다. 이 바닥에는 우스갯소리가 있다. '에베레스트 산보다 더 높은 산은 마누라 산이다.' 가족의 동의를 얻어내는 건 그만큼 힘든 일이다. 그래서 네팔행 비행기를 탄 것만으로 이미 등정한 거나 진배없다 말한다. 안타까운 일도 여럿 있다. 원정 기간 중 먼 히말라야에서 부모님의 임종 소식을 듣는 사람이 있는가 하면 자식이 입원해 사경을 헤맬 때 속수무책이어야 하는 순간도 있다. 원정을 마치고 귀국 직후 여자친구와 헤어지는 일은 다반사고 오랫동안 준비해 온 국가고시가 원정 기간과 겹쳐 눈물을 머금고 시험을 포기하기도 한다. 이쯤 되면 왜 거기를 굳이 가야만 하는가 다시 묻게 된다.

왜 오르는가

왜 그리 위험한 산엘 매번 가느냐, 산이 뭐가 그리 좋으냐, 그렇게 시도 때도 없이 가고 싶냐고 묻는 그대에게, 내 변명을 들어 보라. 나는 멋진 경치, 산행 뒤의 시원한 막걸리, 정상에 올랐다는 기쁨, 청량한 산바람 때문에 산에 가는 게 아니다.

정상에 오르는 사람을 걱정하여 자신은 정상에 오르기를 포기하고 봉우리 밑에서 차를 끓이며 기다리는, 사람 때문에 간다. 배고픈 겨울, 한 가닥 뜨거운 라면을 후배에게 양보하는, 사람 때문이다. 살을 에는 추위에 자신의 장갑을 벗어 후배 손에 끼워 주는, 사람 때문에 간다. 지긋지긋한 산길, 힘든 오르막, 아픈 내리막, 생각하기도 싫다. 살을 찢는 바람, 잠도 쫓아 버리는 추위는 어떤가. 그쪽으로는 오줌도 누지 않는다. 밥도 먹히지 않고, 먹더라도 들여보낸 족족 토해 내는 그곳에 다시 가면 내가 성을 간다. 그렇지만 기진한 제 몸을 던져 쓰러진 후배를 끌고 내려오는, 그 사람들이 다시 산에 간다고 나설 땐 나도 가는 수밖에 없다. 안 갈 도리가 없다.

산에 가는 이유를 스치듯 건성으로 퉁명스레 묻는 사람들에게, 무언가 철학적인 대답이 나오지 않을까 기대하는 그대에게, 딱히 뭐라 대답하지 못하고 씁쓸한 미소를 짓거나 긴말하지 못하고 그저 좋아서 간다고 짧게 말하고 마는 이유는 온갖 일들을 떠올리다 보면 그만 사무침에 목이 매여, 굵은 침 한 번 삼키고 목소리를 가다듬어도 결국 말을 잇지 못하기 때문이다. 말로 설명할 수 없는 일이기도 하고.

늘 다니는 물리적 장소와 매일 보는 시시한 것들이 삶을 조야하게 만든다. 닭장 같은 아파트로 들어가는 대신, 도도한 차들의 물결을 건너 네모난 빌딩으로 들어가는 대신, 산과 강이 사람과 이야기하고 꽃과 나무가 같이 걷는 길을 상상하라. 어느 날 어느 순간 히말라야에서 아침을 맞는 모습을 상상하라. 절벽에 걸터앉아 다리를 흔들거리며 붉게 퍼진 노을에 감탄하는 그 순간을 상상하라. 높은 암벽에서 바람에 흔들리며 춤추는 자일을 상상하라. 거대한 바위와 외로운 봉우리, 홀로 빛나는 텐트의 불빛, 희붐한 새벽녘 초승달과 그 옆에 빛나는 샛별을 상상하라. 해발 8,000미터에서 솟아오르는 붉은 태양과 솔 냄새를 맡으며 나무 사이를 뛰어 노는 내 아들과 딸 들을 상상하라.

눌어붙은 두개골을 빠개 시원한 바람과 맑은 계곡에다 꺼내 놓아야 뇌를 풍욕할 수 있다. 삶은 청량하다. 만년설에 시커멓게 타 버린 얼굴, 부르터진 입술 사이로 하얀 치아를 내보이며 활짝 웃어 주던 악우의 미소를 잊지 못하겠다. 나는 아무래도 산으로 가 야겠다. 내 심장을 뛰게 만들기도 했지만 나를 때려눕히기도 했고, 나를 달뜨게 했지만 나를 쓰러뜨리기도 했던 산으로. 친구도 되어 주었다가 범접할 수 없는 신성으로 엎드리게 만들기도 했던 그곳으로 말이다. 사랑했고 미워했고 동경했고 분노했던 산으로.

세상의 값싼 가치에 털려 버린 나에게 산은 아무것도 묻지 않는 다. 경쟁에 내몰리고 저항 없이 살아가는 삶에서 일탈하라고 나를 부추긴다. 나를 깊이 선동하는 붉은 산들이 있다. 바삐 돌아가는 직장과 시간이 멈춘 듯한 산은 극명하게 대조된다. 산은 어떤 시 간으로 살아야 할지를 알려 준다. 그런데 절대 직선으로 말하지 않 고 언제나 에두른다. 휘휘 돌아 올라 숨겨 놓은 메시지를 깨닫게 된다. 침묵하는 선지자의 넓은 등판을 보는 것 같다. 노자의 『도덕 경』 45장에는 대변약눌(大辯若訥)이라는 말이 나온다. '빼어난 말 솜씨를 가진 이는 사물에 따라서만 말하고 자기가 지어낸 것이 없 는지라 오히려 어눌해 보인다'는 의미인데, 산이 꼭 그렇다. 진실

떠남은 원초적 유혹이다.
그곳에 있을지도 모를 무언가에 대한 기대다.

에 가장 가까운 길, 에두르고 어눌한 듯하지만 가장 정확하고 빠른 길, 그 끝은 언제나 첨단. 산의 모든 길은 이렇다.

우리에게는 내가 사는 여기가 정상(正常)이다. 그런데 산에 가면 이게 모두 뒤바뀐다. 밑에서는 엉덩이 무거운 게 미덕일 수 있지만 산에서 엉덩이가 무거우면 생사가 위태롭다. 산에 오르면 어제의 나와는 단절된다. 평이한 길을 걷지 않고 따뜻한 곳에만 머무르지 않고 풍족한 음식으로 배를 채우지 않는다. 언제나 춥고 배고프다. 얼마나 삶이 안이했는지를 되묻는다. 뇌에 번개를 내리친다. 이제껏 걸치고 있는 가식의 셔츠가 땀에 젖어 악취를 발산하기 시작한다. 가쁜 호흡, 흐르는 땀, 움직이기 힘든 허벅지, 뻑뻑해지는 장딴지, 내 솔직한 모습이 바로 이런 것들이다. 함부로 뱉어 낸 말들의 위선과 현실 안에서 안락했던 모든 위안까지 산에서는 무장 해제된다. 그래서 몸에게 솔직하지 않은 자는 더 오를 수 없다.

산에서는 먹을 것을 찾아 쉼 없이 뛰어다니고 짐승에게 쫓겨 달아나고 정적들과 온몸으로 싸운다거나 무거운 볏짐을 나르고 그리운 사람을 만나기 위해 몇 날 며칠을 걸어가고 물건을 팔아 생계를 유지하려고 재와 고개를 수없이 넘나드는 일이 일어난다. 오직 인간의 다리로만 닿을 수 있는 산을 오르는 일은 우리 안에 인류의 원형이 여전히 존재하고 있음을 확인하는 일이다. 산은 문명의 이기가 오랜 인류의 행복을 여전히 침범하지 못하고 있는 유일한 비무장지대(DMZ)다. 산 얘기가 나오면 수다가 많아진다. 남세스러운 줄 알면서 또 떠든다.

떠남은 원초적 유혹이다. 그곳에 있을지도 모를 무언가에 대한 기대다. 이 기대는 수천 년 동안 인간을 유혹했다. 인간의 역사는 이 유혹에 넘어가 홀연히 떠난 이들의 역사다. 길을 떠나고 현실을 떠나고 일상을 떠나는 데서부터 역사의 변곡점은 시작됐다. 주린 배를 부여잡고 척박한 토양을 떠난 그리스는 문명을 일구며 지중해를 제패했다. 떠난 자는 반드시 돌아간다. 떠난 이들은 다시 돌아가는 것을 목숨과 같이 여겼다. 오디세우스가 10년간 트로이 전쟁을 치르고 고향인 이타카 섬으로 돌아가기 위해 거친 눈물겨운 행로는 3,000년간 인간의 사유를 지배했다. 조지프 캠벨이 말했듯, 인간은 자궁이라는 이름의 무덤에서 나와 무덤이라는 이름의 자궁으로 돌아간다. 돌아오기 위해 떠나고 떠나기 위해 돌아온다. 먹기 위해 싸고 싸기 위해 먹는다. 즐거움은 괴로움에서 나오고 괴로움은 즐거움의 뿌리다. 사랑은 미움을 동반하고 미워하는 것은 사랑했기 때문이다. 채우기 위해 버리고 버리려 다시 채운다. 인간이 어쩌지 못하는 이 빌어먹을 순환이 인간을 인간이게 하는 원형이 된다. 그 소모적 삶을 끊임없이 반복하는 인류의 행로는 결국, 인간이 인간에게 가는 길이다. 인간이 가진 원초적 행위와 나의 오름은 다르지 않다. 떠남이 돌아옴을 전제한 여행이라면 오름은 내려옴을 전제한 일탈이다. 새로움 없이 진행되는 일상은 인간에게 떠남을 부추기고, 평범함을 기웃거리는 존재는 나에게 오름을 추동한다. 나는 오름으로써 원초의 나 자신으로 돌아간다. 영웅이 될 수 없는 자가 할 수 있는 아주 작은 영웅놀이다. 나는 그 속에서 보잘것없지만 나의 신화를 만들고 싶었다. 산의 마루금에 찍힌 내 발자국은 왜소한 내 존재가 제 자신의 신화를 찾으려는 외침이다.

역사학자 윌 듀런트가 남자는 여자가 기르는 마지막 가축이라 한 말은 옳다. 야생을 죽이는 울타리를 머리로 들이받으며 제 운명은 야생에 있음을 잊지 않는다. 언젠가 바스러질 뼈는 중력을 배반하며 뛸 것을 권하고 결국 썩을 근육은 화끈한 수축을 목말라한다. 야생이 내 원형의 모습임을 부인하지 않는다. 내 남자로서의 정체성이 내게 얼마만큼의 영향을 주었을지 모르겠으나 나는 아마 죽을 때까지 울타리를 넘으려는 무모한 시도를 할 것 같다. 내 삶의 임시성이 나를 그리로 내몬다. 나는 야생의 기억, 그 환각의 맛을 오름으로써 만끽하고 싶다. 죽을 때까지 붓을 손에서 놓지 못하는 화가, 들어올리지 못한 역기를 놓지 못하는 역도선수, 패배한 그라운드를 떠나지 못하는 타자, 수직의 빙벽에서 죽음과 맞버티는 등반가, 단명하여 짜릿한 삶의 맛을, 그 영원할 수 없는 유한을 사랑하는 사람들처럼 말이다.

나도 닿지 못한 나의 오지에 이르고 싶었다. 제 자신의 오지를 찾으면 설명되지 않는 그 무엇의 존재를 알 수 있을지도 모른다. 그럼 의젓한 한 인간이 될 수 있을 거라 믿었다. 수천 년 동안 오로지 제 자신의 속도로 운행하는 빙하와, 마른 적 없고 멈춘 적 없는 만년설 그 눈발을 맞고 싶었다. 그곳에 사는 빙하와 눈발처럼 내가 추구하고자 하는 스스로의 속도를 알고 싶었다. 나의 오지는 그 속도를 이해하는 것에 있다 여겼다.

나는 오른다. 산에는 무엇보다 같이 코펠밥을 먹는 사람들, 서로에게 고운 말은 할 줄 몰라도 사달이 나면 제 몸을 던져 너를 살리고 우리를 살리려 덤벼드는 인간이 있다. 사지를 지나온 그들 사이로 흐르는 잔잔한 끈끈함이 있다. 그들은 산을 더하여 두 개의 조국을 위해 눈물 흘리겠노라 말한다. 19세기 프랑스에 '에밀 자벨'이라는 이름 모를 산재이가 한 명 있었다. 그는 평생을 산에 빠져 살았는데, 도시락을 싸 들고 다니며 이를 말리는 친구의 충고에 조용히 말한다.

"친구여, 나의 소망에 자네는 웃을 테지만 다정한 벗들과 함께 높은 산의 골짜기가 주는 깊은 평화, 하얀 봉우리들의 자랑스러운 싱그러움, 끝없는 산행, 항상 되풀이되는 등산에 대한 희망 없이는 더 나은 인생을 꿈꾸지 못할 것 같네."

심장이 터지는
혹독한 훈련

　훈련은 쉽지 않았다. 혼자 하는 훈련은 외로웠고 혹독했다. 폐활량을 높이기 위해 출근하기 전 새벽에 찬물을 가르고 머리를 물에 박았다. 잠영 연습을 수도 없이 그리고 매일 했다. 회사를 마치면 10킬로미터 오르막을 일주일에 두 번 뛰었다. 쉬지 않고 뛰어오르면 가슴 깊은 곳에서 피 맛이 올라온다. 심장이 터지며 구토가 나왔다. 누가 시킨 거라면 단 하루도 그리하지 않는다. 할 수도 없었을 것 같다. 개인 훈련을 하는 중에 나는 원정대 훈련에도 합류하게 된다. 원정대 공식 훈련은 살인적이었다. 원정대원들은 금요일 저녁 각자 회사를 마치고 또 비즈니스를 마치고, 수업을 마치고 모였다. 멀리 여수에서 경기도 안산에서 김해에서 부산에서 사람들이 모였다. 만나서 서로의 전의를 확인하고 가파른 길 100미터 거리에서 인터벌 훈련을 실시한다. 경사 30도 고개를 전속력으로 올랐다가 걸어 내려오기를 10회 반복하면 온몸은 땀범벅이 되고 얼굴은 화끈 붉어진다. 열이 식기 전, 그때부터 밤을 도와 산에 오르기 시작해 그다음 날 아침까지 밤새 멈추지 않고 무박 2일간 장장 18킬로미터를 걷는다. 배낭 무게는 25킬로그램에 맞추었고 서로의 그림자를 밟으며 대열 전체가 빠른 걸음을 유지하며 신속하게 걸었다. 하중훈련과 속보훈련을 병행하는 방식인데 금요일 저녁부터 토요일 오전까지 쉬지 않고 걸어 반환점을 돌고 출발 지점인 산악회 부실에 도착하면 낮 12시가 된다. 곧바로 대원들은 산악회실 바닥에 동면하듯 잠시 두 시간 눈을 붙였다가 다시 일어나 수영훈련을 한다. 수영은 폐활량 증강이 목적이다. 두 시간 동안 길이 25미터 수영장을 40바퀴 돎으로써 2킬로미터를 속영하고 25미터에서의 잠영훈련을 세 세트(6회) 마치고 나면 이어서 마라톤 10킬로미터 코스를 뛰었다. 그러고는 두 시간 동안 눈을 붙이고 일어나 뒷산 절벽에서 저녁부터 새벽까지 등강훈련을 한다. 산 중턱 가파른 바위벽에 로프를 고정시키고 수십 미터 바위 아래까지 오르고 내리기를 반복한다. 이 훈련이 끝나면 일요일 새벽 4시가 된다. 다시 네 시간 자고 일어나 그때부터 운동장 30바퀴를 돌고 곧장 수영장으로 달려가 두 시간 동안 잠영 등으로 폐활량 훈련을 소화한다. 이렇게 하면 금요일 저녁부터 일요일 오전을 모두 훈련으로 채우게 된다. 공식 훈련은 한 달에 두 번 한다.

훈련이 끝난 다음 날 다시 출근한다. 어젯밤 무슨 일이 일어났는지 알지 못하는 회사 직원들에게 멀쩡한 놈처럼 보여야 했다. 바쁘게 돌아가는 직장에서 제 개인의 일로 아쉬움과 편의를 토로하며 예외로 치부되기는 싫었다. 그래야 갈 수 있다 생각했다. 에베레스트… 혼자 중얼댄다. 밤새 걸었던 산들이 회사 모니터에 그대로 박힌다. 당시, 휴지를 항상 주머니에 휴대하고 다녔다. 언제 어디서 저도 모르게 흐르는 코피 때문에 곤욕을 치른 일이 많았다. 업무 보고를 끝까지 마친 후 화장실로 달려가 흐르는 코피를 무표정하게 닦았다. 그래야 비장하다 생각했다. 그러고는 다시 지긋지긋한 훈련에 자신을 구겨 넣는 냉혈한이 되어야 한다고 생각했다.

권위에 맞서는 자

회사에서 내 낌새가 어느 정도 드러날 무렵, 그때까지만 해도 여전히 사람들은 내가 정말 '산'에 가리라 생각하지 못했다. 친하게 지내던 일부 동료들에게 내 뜻을 확실히 그러나 조금은 느슨하게 말해 놓았으나 언제나 반신반의였다. 이때 그룹 사장단의 대폭적인 인사이동이 단행된다. 지난 3~4년간 회사가 속한 업계는 초호황기를 구가했으나 2008년 말 불어닥친, 이름도 생소한 서브프라임 모기지 사태, 리먼 사태 등으로 회사는 끝없이 침체 중이었다. 이번에 새로 올 신임 사장은 사장이 아니라 과장 수준의 일을 하는 사람이라는 소문이 퍼졌다. 까칠하기로 정평이 나 있고 특히 재무 분야에 정통하며 타이트하게 관리하는 탓에 아랫사람들이 결재를 올리고 보고를 할 때마다 곤욕을 치른다는 말이 떠돌았다. 아니나

다를까 신임 사장은 부임한 직후부터 '마른 수건도 다시 짠다'는 기치를 내걸었고, 덮어놓고 매주 토요일 오전 근무 실시 안이 공포됐다. 나폴레옹은 무쇠주먹 위에는 부드러운 벨벳장갑을 껴야 한다고 했건만 회사는 불황을 핑계 삼아 내외적으로 밑도 끝도 없는 긴축을 강요했다. 지구 반대편에서 벌어진 돈놀이가 내 처지를 콱 움켜잡았다. 뭔가 거꾸로 가고 있었다. 프로이트의 말처럼 질서는 항상 뒤쪽을 바라보는 모양이다. 어렵사리 만들어진 좋은 문화들이 후퇴됐다. 회사의 진취성과 상상력은 질식됐다. 회사는 설상가상으로 내가 몸담고 있는 부문의 수장으로 그룹 내에서는 악명 높은 3인방 중 한 사람인 '호랑이 상무'를 내정한다. 그분은 별명이 '까칠한 김대리'였고 '까칠한 김과장'으로 불리는 사장을 수년간 보좌해 온 사람이었다. 이로써 모든 사람들이 기피하는 경영진, 그러니까 호랑이 3인방 중 첫째와 둘째가 내 직속 상사로 배치됐다. 결과적으로 그룹의 주력 회사이니만큼 가용한 모든 관리력을 집중하는 차원에서 있을 수 있는 인사 조치였으나 딴짓을 계획 중인 나로서는 일어나면 안 될 최대의 패착이었다.

회사의 모든 사람들은 이내 곧 긴 겨울의 동면 모드에 들어갔다. 팀장들은 호랑이 상무의 지시라면 하나라도 빠뜨릴세라 주말도 없이 동분서주했고 사장님과 상무님 '말씀'이라면 어느 하나 놓치지 않고 임직원들에게 전파하기 바빴다. 회사의 모든 사람들은 낫

질하는 속도보다 더 빨리 자라는 풀을 베기 위해 매일 소진되고 있었다. 보기 안쓰러운 발버둥 속에서 '내 애기'가 비집고 들어갈 틈은 보이지 않았다. 현실은 공고한 벽을 쌓는 중이지만 이에 대항하여 전열을 가다듬을 미네랄이 나에겐 없었다.

이런 중에도 훈련은 계속됐고 마음은 초조해져만 갔다. 당시 나는 회사에서 가장 많은 일을 해야 할 과장 직급이었고 팀 내에서는 팀장 다음의 두 번째 위치였기 때문에 큰 프로젝트가 떨어질 때마다 모든 걸 주도하며 업무를 이끌어 나가야 했다. 주말에도 제대로 쉴 수 없는 상황에서 훈련을 위한 월차나 휴가를 내는 건 언감생심이었다. 그러나 원정은 휴가 수준을 넘어 휴직이 아니면 갈수 없었다.

원정의 총 기간은 출발일과 도착 날짜까지, 짧게는 70일에서 길게는 90일 정도 소요된다. 어림잡아 두 달 반 정도는 고스란히 원정을 위해 써야 한다. 막막해져 온다. 휴직은 말도 꺼내기 힘든 상황이다. 그즈음, 대원 구성이 마무리되고 본격적인 훈련이 계속되자 산악회 내에서도 내 거처를 놓고 의견이 분분했다. 우리가 즐기고, 가려는 산이 생계까지 저버리며 떠나야 하는 곳인가, 우리는 우리가 좋아하는 산을 위해 우리 삶을 과연 어디까지 양보할 수 있고 어디까지 희생할 수 있는가. 근본적인 질문에 모두 제 일처럼 밤을 새워 가며 갑론을박을 벌였다.

대부분은 가족의 배려와 회사에서의 휴직이 관철되지 않는다면 참가해서는 안 된다는 명확한 결론을 마음속에 가지고 있었다. 거의 모든 사람이 자신의 꿈은 회사와 가족을 위해 언제든 물러설 수 있는 후순위에 배치해 놓고 있다. 눈을 크게 뜨고 다시 보니 이 사태는 큰 산 하나를 등정하는 데 그치는 게 아니었다. 그건 나는 내 삶의 주인인가를 묻고, 확인하는 문제였다.

오늘에 관하여

    누군가, 만약 이 원정을 내년에 떠난다면 분명 갈 수 있을 것만 같으니 내년에 자기와 같이 가자고 했다. 그러나 나는 안다. 미안한 얘기지만 그 사람은 내년이 와도 갈 수 없다. 기다리던 내년이 오면 작년에 갈 수 없었던 똑같은 이유들이 모습만 달리한 채 그를 괴롭힐 게 분명하다. '지금'이 그 일을 할 수 있는 유일한 순간이다. 바로 '오늘'이다. 오늘 물러서지 않는 것, 그것이 실천이라 믿는다.

    글을 샛길로 인도해 오늘에 대해 고심해 본다. 오늘은 현대의 시간 단위로 치자면 자정에서 자정까지의 24시간이다. 사전을 뒤적여 보니 오늘은 '지금 지나가고 있는 이날'이며 비슷한 말로 '금일'이 있다. 누구에게나 주어지는 것이 오늘이므로 오늘은 그대와 나,

지구 별에서 살아가는 동시대 사람들의 시공간적 최대공약수다. 오늘이 거듭되면 매일이 되고 매일이 누적되면 어느 순간 삶이 된다. 그러므로 내 삶은 나의 오늘로부터 시작되고 내가 삶을 마치는 그 어느 날도 바로 오늘이 된다. 그 어떤 것들을 언제 하든 그 시점은 오늘이 될 것이란 말이다. 그러니 뭔가를 시작하려면 오늘 해야 하고 어떤 것을 해보려 마음먹기에는 오늘이 가장 좋다. 마음만 먹고 실천하기가 쉽지 않을 텐데 그 실천 또한 바로 '오늘' 물러서지 않는 것이다. 켜켜이 쌓인 실천에 언젠가의 오늘이 반갑게 알은체를 하면, 그때 우리는 마침내 삶을 상대로 보기 좋게 승리할 수 있을 것이다. 결국 '오늘'이라는 말은 꿈틀대는 모든 것에게 '존재한다'는 동사를 수여하는 주어가 된다. 존재하는 것은 그 자체로 아름답지 않은가. 오늘이 아름다운 가장 큰 이유다.

오늘이라는 단어는 '늘'이라는 항상성을 품고 있다. 그 항상성에서 '오'라는 감탄이 지루한 일상을 깨뜨린다. 그러므로 오늘은 지리멸렬하면 안 된다. 비록 우리 삶이 흔적에 지나지 않아도, 그래서 오늘도 흔적의 흔적으로 끝나더라도 흔적조차 되지 못하는 바람이 되어서는 안 될 일이다. 오늘은 살아 있는 것들을 죽음으로 한 발짝 다가서게 하여 죽음에 봉사하는 케르베로스(그리스 신화에서 저승의 문을 지키는 머리 셋 달린 괴물 사냥개)다. '늘'이라는 항상성으로 살아가는 모든 것들에게 영원이라는 뽕을 맞힌다. 그 뽕을 주

'지금'이 그 일을 할 수 있는 유일한 순간이다.

오늘 물러서지 않는 것, 그것이 실천이라 믿는다.

사하고 지금 삶의 소중함을 삼켜 버리는 건 순간이다. 우리가 매일 발버둥치며 사는 이유는 뽕 맛에 길들여지려는 일상에 대한 반항일지 모른다. 오늘을 '늘'이라는 죽음의 맛에 헌납할지, 아니면 살아 있음을 감탄하는 데 쓸지는 오로지 나에게 달려 있다. 비록 우리가 흔적에 지나지 않을지라도.

현실보다 강한 자

좋은 날을 택해, 어렵사리 팀장님께 말씀을 드렸다. 오갔던 말이 온전히 기억나지는 않지만 대강 이랬다. 뜬금없이 말씀드리게 된 걸 용서하시라, 나에겐 이러저러한 꿈이 있었고 지금, 그 꿈을 이룰 수 있는 기회가 왔으며, 지난 몇 년간 많은 준비를 해왔다. 부러졌던 다리도 꽤 호전됐고, 비록 완전히 회복되지는 않았지만 현상태로도 산을 오르기에는 무리가 없어 보인다. 일과 훈련을 병행하면서 다소 힘든 날들을 견뎠다. 최선을 다했고, 몇몇 동료에게 간간이 알려 먼저 양해를 구했다. 지지도 받고 있다. 어려운 결정을 내린 만큼 내 결심은 확고하다. 부디 허락해 주시라. 원정을 성공적으로 끝내고 복귀하게 되면 업무에 배전의 노력을 기울여 보답하겠노라.

긍정적인 답은 기대하지 않았고 단번에 허락받을 수 있으리라 생각지도 않았다. 앞으로 겪게 될 걸림돌과 여러 난관만을 재확인하고 첫 번째 대담은 끝이 났다. 팀장님은 나를 다독였다. 너를 잘 이해하고 있노라, 오랫동안 곁에서 보아 왔기 때문에 어떤 마음을 먹고 있는지도 알겠다, 도와주고 싶다, 그러나 힘든 일이다, 회사의 상황이 너도 알다시피 여의치 않고 혹여 내가 허락해 준들, 알지 않느냐, 호랑이 상무라는 단단한 벽이 기다리고 있다, 또 그 벽을 넘는다 해도 인사팀에서 사규에 대한 유권해석을 요구할 것이다(인사팀에서는 이후 창사 이래 유사 사례가 없다는 이유로 내 의사를 몇 번이고 만류했고 휴직 불가 입장을 통보했다), 인사부에서 검토가 마무리되더라도 사장님의 최종 재가가 필요한데, 그 험난한 길을 어떻게 가려느냐, 우선 상무님께 지나가는 말로라도 말씀은 드려 보겠노라.

뭐가 그리 어렵고 복잡한가, 무엇이 나를 두렵게 하는가, 현실이라는 실체를 확인하니 절망에 빠진다. 나는 그것만으로도 만족해야 하는 처지였다. 예상대로 상무님은 단호했다. 해외(중국) 법인으로 보내든지, 퇴사를 종용하라 일렀다고 팀장님께 전해 들었다. 현실보다 강하리라 중얼거리던 나는 처음으로 패배를 상정했다. 자기규제와 자기통제가 어느새 내게도 내면화되고 있음을 느꼈다. 나는 그들과 무관하다 생각했지만 이게 그들이 종교처럼 말하는 '현실'임을 알게 됐다. 그들은 고개를 가로저으며 "멋진 꿈이지만 현실이…" 하며 말끝을 흐린다. 세상은 이룰 수 없는 모든 것을 꿈이라 뭉뚱그려 부르고 있었다.

준비되지 않아도
해야 할 때가 있다

　그즈음 만나는 지인들에게 내 상황을 설명하고 당신이라면 어떤 결정을 내리겠냐는 질문을 했다. 대부분은 고민의 여지도 없는 질문을 한다는 어이없는 표정이었지만 나 또한 그들이 나에게 건네는 건성의 또는 진심 어린 충고를 심각하게 들어주는 시늉을 할 뿐이었다. 그들 조언의 요지는 '산에 가면 돈이 나오나 밥이 나오나, 잘나가는 대기업에 붙어만 있으면 앞날이 창창할 텐데 그걸 걸 건어찰 건가, 네 꿈도 좋다만 처자식 있는 사람이 어른답지 못하게 그래선 안 되지 않나' 같은 거였다. 백번 맞는 말이다. 그러고 보니 나는 늘 어른답지 못했다. 누군가 나를 어른 취급 해도 내 마음 어딘가 거북했던 것 같다. 그런데 나다우면 될 것을 왜 굳이 어른다워야 하는 걸까. 어른답기 전에 나다우면 좋은 어른이 될 수 있을

딴짓해도 괜찮아

듯한데 나답지 못한 채 어른이 되면 어른 노릇 제대로 못하는 껍데기 어른이 되지 싶다. 내가 누구인지를 잊고 출근해서 저녁까지 일하다 탈진해 집에 들어오는 초라한 사람이 어른의 다른 이름은 아닐 게다. 이탈리아 작가 조르조 망가넬리의 말처럼 우리는 무익한 것에서 생명을 얻고 유익한 일을 하면서 탈진하고 있는지 모른다.

나는 장고에 들어갔다. 꿈이냐 밥이냐를 놓고 잠들 수 없는 밤이 3일간 지속됐다. 밥보다 꿈이 먼저라는 결론을 내리는 데 잠은 중요하지 않았다. 첫날부터 고민의 중압 때문인지 식욕이 사라졌다. 내게 물었다. 밥을 위해 모든 걸 희생할 수 있는가. 고민할 것 없다. 밥이 먼저다.

이틀째 되는 날, 헝클어진 머리 그대로 출근했다. 가슴에 물었다. 꿈이 사라진 삶의 모습은 어떨까. 그 새벽, 떠나지 못한 나를 보았다. 구질구질하게 살아 보려 애쓰는 모습이었다. 모든 일에 최선을 다한다 말하고 있었지만 흐릿하고 풀린 눈을 하고 있었다. 인화성 짙은 사건들을 애써 피해 간 삶의 무늬를 온몸에 두르고 있었다. 가지 못한 길을 언제나 그리워만 하고 있었다. 사람들 앞에선 언제나 주뼛주뼛했고 내 아이에겐 제 아비의 삶에 대해 해줄 말이 없었다. 쥐어박히면 쥐어박히는 대로, 얻어터지면 얻어터지는 대로 살고 있는 나를 보았다. 어릴 적, 입이 찢어져라 해맑게 웃던 아이는 사라지고 굳게 다문 입술의 무표정한 얼굴로 살아가고 있었다. 그 많던 꿈은 죄다 잃고 그나마 남아 있던 흰 산을 오르려던 꿈도 현실에 밟혀 종식됐다. 왜소했지만 하나의 작은 우주로서 몸부림치던 인생 하나가 무너져 있었다. 현실에 얻어터지는 중에 신화는 없던 일이 됐다.

사흘째 되던 날 입술이 부르텄다. 하늘에 물었다. 자신의 오지를 찾아 나서라는 음성을 들었다. 부르튼 입술이 결국 터졌을 때, 나는 불현듯 허리를 곧추세우고 정좌했다. 그제야 나를 찾아 나선다는 말이 얼마나 무서운 말인지 알아차렸다. 두려웠지만, 내 앞에 놓인 내일부터가 진정한 내 영토가 될 것임을 직감했다. 나는 오지로 들어서기로 했다. 그것도 가장 어두운 '나'라는 수수께끼 숲으로. 그곳에는 아무런 길도 없다. 만약 그곳에 어떤 길이 있다면 그건 다른 누군가의 길이다. 내 길이 아니다. 누군가의 길을 따라간다면 내 자신의 잠재력, 기쁨, 행복을 깨닫지 못할 것 같다. 그러나 그 길에 반드시 따르는 고통과 고난이 나는 또한 두려웠다. 3,000년 전, 오이디푸스라는 사내가 그랬던 것처럼 스스로 자신의 수수께끼를 풀고 자신이 누구인지를 마침내 알고 난 뒤, 천륜을 거스른 인간적 고통에 두 눈을 스스로 찌르고는 왕의 자리를 박차고 나와 거지가 되어 세상을 떠돌 수도 있다. 나는 졸리지 않은 눈을 감는다. 인생이 나에게 말을 건다. 조지프 캠벨은 말했다. "지옥이란 말라붙은 삶이다. 우리는 스스로가 계획해 두었던 삶을 기꺼이 내

팽개칠 수 있어야 한다. 그래야만 우리를 기다리는 다른 삶을 살 수 있을 것이니까. 현재의 형상에 매달리면 우리는 다음의 형상을 지니지 못하게 된다. 계란을 깨뜨리지 않고서 오믈렛을 만들 수 있겠는가. 파괴가 있어야 창조가 있다."

나흘째 날이 밝았다. 새로운 날이 시작되면 어김없이 어제의 확신은 원점으로 되돌아갔다. 답답한 가슴을 삭이려 책장에서 아무 책이나 뽑아 펼치니 점괘 같은 문장이 눈에 확 박힌다. "지금이 아니라면 그럼 언제란 말인가?" 『탈무드』의 한 문장이었다. 놀라운 일이다. 조금씩 내 심장의 박동이 꿈의 박동과 맞춰지는 것 같았다.

무엇이 성공인가. 매일 정해진 시간에 성실하게 '가로등 스위치를 올려 불을 켜고 또 불을 끄는 일'을 하다 죽는 삶이 인생인가. 현실이 고통스럽더라도 꾹 참고 미래를 준비하라는 세상의 말은 지나가는 개에게 줘버렸다. 그러나 머릿속을 떠나지 않는 먹먹함이 있다. 나는 어쩌다 여기까지 오게 됐을까. 그러고 보니 어느 순간부터 어떤 사소한 결정에도 '나'는 없었다. 다 해져 빛바랜 바지를 입고 다니면서도 입이 벌어지는 가격에 허름한 옷을 그대로 입었고, 내게 근사한 저녁 한번 산 적 없었다. 학교를 가라 해서 학교를 다녔고 돈 벌어야 사람 구실 한다 해서 취직을 했다. 그리하면 나도 여느 어른들처럼 훗날 떵떵거리며 살 수 있을 거라 생각했다.

그런데 어느 순간부터 나는 꼬박꼬박 월급을 받기 위해 회사 이익에만 충실하고 있었으며 이건 부잣집 종살이 그 이상도 이하도 아니었다. 머리 젖히며 즐거워야 할 '지금'은 없고 보이지도 않는 미래가 지금을 가득 채웠다.

미래를 위해 지금을 헌납하는 자들이 생을 대하는 태도는 가엾다. 말 잘 들어 취직했지만 자신의 꿈과 전혀 맞지 않는 일 그리고 회사, 미끈한 그네들의 자세와 반듯한 목소리 너머로 무력한 청춘은 자신도 모르게 압살된다. 안정된 생활 속에 제 모든 걸 가두고 그저 회사의 일에만 발 벗고 나선다. 입사 때부터 노후를 대비하는 모습은 시간이 얼른 지나 빨리 늙기를 바라는 것 같다. 늙어서, 누군가 자신의 집 평수와 자식을 건사한 노고를 훈장처럼 알아주기를 기대하는 건가. 결국 거친 현실에 내 욕망과 꿈은 표면 처리돼 밋밋해지고 나도 종국에는 개미만큼 작아진 이름만 유골함에 새기고 세상을 떠나게 될 터였다.

꿈이 어색하고 난데없는 이유는 그 안에 내 삶이 없기 때문이다. 그 어색함 속에서 가장 난해한 '나'와 필적할 등가(等價)를 찾기 위해 나는 산을 붙들고 내 모든 질문을 던지려 한다. 소유와 속도에 미쳐 가는 세상에 희미한 메아리 한 자락을 일으키려 한다. 내 가치를 스스로 물어 둔 무수히 많은 졸렬한 나에게 히말라야의 눈부신 아침을 이야기하자. 평범함으로 똘똘 뭉친 나에게 묻는다. 지금

까지 살아온 대로 살 것인가, 잊힌 것을 기억해 낼 것인가?

나도 절벽에 두 다리를 흔들거리면서 이 세상에 내가 살아 있음을 느끼고 싶다. 그래, 세상이 내게 강요했던 '너는 할지니'라는 말로 나를 감싸고 있는 역겨운 '용'을 죽이기로 한다. 누르면 눌리고 짜내면 내 마지막 진까지 내어 주는 삶을 걷어차기로 한다. 씨발, 나도 한번 춤추듯 살아 보리라. 다른 사람이 시켜서 사는 삶이 아니라 내가 내린 결정으로 내 삶을 한번 살아 보리라. 생의 단명한 그 맛을 나는 봐야겠다.

준비되지 않아도 해야 할 때가 있다. 아무도 내가 준비되기를 기다려 주지 않는다. 저질러야 비로소 준비되는 때가 있다. 내 혀끝으로 맛보는 인생을 살리라. 실험으로 가득 찬 삶, 그 환장할 우연에 인생을 걸리라.

사표를 쓰자

출근해서 아직 아무도 오지 않은 사무실 책상에 정좌하고 사직서를 썼다. 사람들이 출근하기 전 다 쓴 사직서를 작업복 안주머니에 품었다. 편했다. 그리 편할 수 없었다. 아주 긴 싸움을 스스로 끊어 낸다. 생각해 보니 이 지루하고 길었던 싸움의 상대가 표면적으로는 직장이라는 현실이었으나 한 꺼풀 벗겨진 적장의 얼굴은 내 자신이었다. 나를 깊이 몰라 벌어진 사달이었고 내 자신을 내면으로부터 한 번도 길어 올리지 못해 빚어진 스스로의 불찰이었다. 긴 고민의 성과는 어렵사리 내린 출정의 결정이 아니라 나를 스스로 깊이 대면해 봤다는 것이고, 내 안으로 들어가 겁에 질려 웅크리고 있던 나와 잔잔하게 대화를 나눈 것이었다. 나는 나를 안아 주었다. 어찌 그리 내게 미안했던가. 전쟁 같은 일상에서는 다시 나를 찾지 못하겠지만 이제 언제고 서로가 부를 때 기꺼이 만나겠노라며 꼭 안았던 어깨를 풀었다.

다시 자세를 바로 하여 이번에는 팀장님께 장문의 편지를 썼다. 그런데 일주일이 지나도 상황에 진전은 없었다. 그렇다면 이제는 정공법이었다. 물러서지 않겠다 다짐했다. 솔직한 마음과 단호하게 내린 결정을 드세지 않게 그러나 명확하게 써서 상무님께 보냈다. 그리고 나는 불필요하게 쓴 고민의 에너지를 이제 훈련에 쏟기 시작했다. 여전히 가슴에는 사직서가 있었고 나는 겁나지 않았다. 사직서는 또 하나의 내 자신이었고 내가 가지 못한 길에 대한 그리움이었다. 다른 사람이 시키는 길을 따라갔던 삶에 대한 경멸이었고 내 인생에 대한 독자적 기획이자 아침에 일어나 내가 하고 싶은 일을 하며 살 수 있는 인생으로의 급행 티켓이었다. 두려움이 사라진 충분한 이유다.

반듯한 인생, 상처 없는 인생을 걷어찼다. 다친 다리, 상처 많은 다리가 미끈한 다리보다 튼튼한 법. 상처투성이 인생, 잘 산 인생이라 믿는다. 나는 반듯한 인생과 정면으로 붙어 보기로 했다. 나서야 할 때 나서지 않고 갈등해야 할 때 갈등하지 않는 건 비겁한 것이기 때문이다. 세상은 그것을 신중함이라 부르며 심미적으로 채색하지만 실은 겁에 질려 한 발짝도 내딛지 못하는 비겁함이다.

한 달여, 꽤 긴 시간이 흘러 상무님은 나를 따로 불렀다. 팀장님에게서 상무님과 내 애기를 한 번 더 했다는 말을 며칠 전 흘려들었다. 나는 상황이 종국에 이르고 있음을 직감했지만 여차하면 조용히 내밀 사직서를 품고 상무님 방으로 들어갔다. 상무님은 내 뜻이 여전히 유효한가 물었다. 그리 많은 애기를 나누지는 않았다. 3일 뒤, 인사팀에서 내가 제출한 휴직서가 담당 상무의 최종 결재를 거쳐 접수됐다고 알려 왔다. 자초지종을 듣고 싶어 했고, 나는 조곤조곤 말했다. 인사팀은 사례가 없다는 말을 되풀이했지만 이미 나는 상관없었다. 그래도 일단은 휴직서가 접수된 터라 절차에 따라 진행됐고 이튿날 사장님이 "이 바쁜 와중에⋯"라고 한마디 하시고는 내 휴직서에 최종 서명했다는 말을 들었다. 회사 내에서는 모두가 불가능할 거라 했다. 하지만 오늘 대표이사 결재를 마지막으로 예상을 보기 좋게 넘어섰다. 에베레스트를 이미 오른 듯하다. 나는 현실보다 강하다.

네팔행 비행기가 뜨기 3일 전의 일이다. 마음을 먹고 사직서를 쓴 다음, 일사천리로 진행된 일이 스스로도 놀라웠다. 사장님의 허락이 있은 직후부터 홍보팀에서는 갑자기 사진을 찍으며 호들갑을 떨기 시작했고 내 과거사에 대해 인터뷰하며 요란을 떨었다. 회사는 내 사연을 지역신문 귀퉁이에 게재했고 도전의 아이콘으로 추앙했다. 요란함은 승자의 전리품같이 부산했다. 싫지 않았다. 이로써 긴 싸움에서 승리한 것이었으니.

에베레스트보다
높은 산

　현실과 맞버티며 승리를 예감할 무렵, 아내는 세 살배기 아들의 온몸에 퍼진 아토피와 싸우고 있었다. 하루 종일 울며 보채는 아픈 자식과 씨름하다 지쳐 누운 아내를 본다. 여전히 흥건한 땀이 그 수고를 말해 주고, 목덜미에 찰싹 붙은 머리카락이 처연했다. 나는 묻고 싶었다. 내가 지금 무슨 짓을 하고 있나? 아내는 늘 나를 지지했지만 이번만은 달랐다. 아내는 그곳이 사지임을 누구보다 잘 안다. 내가 그곳에 결국 가게 되리란 것도 잘 알고 있었다. 제 남편이 떠나려는 그곳이 얼마나 위험한 곳인지는 아내도 참으로 많이 보아 왔다. 다리가 부러져 고함치며 응급실로 들어설 때 아내가 가장 먼저 달려와 내 손을 붙잡지 않았나. 아내는 대학 산악부에서 잔뼈가 굵었던 사람이고 이 땅의 마루금을 수도 없이 같이 밟던 악우이기도 했다. 한겨울에도 한 달을 꽉 채워 설악산을 누비고 다녔던 사람이다. 겨울에는 빙벽, 여름에는 암벽을 즐기던 산 아가씨였다. 그녀는 내가 떠나면 돌아올 수 없을지도 모른다는 사실을 아주 잘 안다. 내가 오랫동안 그곳을 동경했고 거기 오르는 게 내 꿈이라는 것 또한 잘 알고 있었는데 그렇기 때문에 나는 섣불리 그곳에 가겠다는 말을 할 수 없었다. 그 말을 하는 순간 남편의 죽음을 걱정해야 하고 누구와도 그 걱정을 나눌 수 없는 몫을 떠넘기게 된다. 아내에게 못할 짓을 하게 되는 것이다. 그러나 말하지 않으면 나는 갈 수 없다. 아내의 승인 없이 나는 가지 않는다. 아내가 내게 진심 어린 설명을 듣고 싶어 하면서도 그 상황을 애써 외면하는 이유다. 듣고 싶지만 듣기 싫기도 한 남편의 꿈. 그러나 내게는 그 누구보다 아내의 지지가 필요했다. 이 세상에서 나와 가장 가까운 사람인 아내가 그렇게 어려울 수 없었다.

아내는 가만히 들어주었다. 말을 아꼈고 대답을 유보했다. 그 마음결 안에서 부딪혔을 두려움, 배신감, 아득함, 연민 등을 감히 헤아릴 수 있겠는가. 밥벌이를 포기하고 산으로 가겠다는 무책임한 '뻘짓'이 어이없고 거기다 남편 목숨까지 걱정해야 하는 이 감당하기 어려운 상황을. 아내의 대답 없는 시간은 목으로 흘러내리는 맥주처럼 나를 불안하게 했다.

말끔하게 차려입으며 출근길을 준비하는 아내를 보았다. 그 간

결하고 단아한 아름다움이 왜 나의 자괴감으로 이어졌는지는 알수 없다. 난데없이 아내를 지키지 못했다는 슬픔이 몰려왔는데 그런 중에 아내는 내 눈썹을 다듬어 주었다. 내가 지켜 주지 않았어도 아내의 마음자락은 하나 변한 게 없는데 나는 스스로도 이기지 못하고 진창을 헤매고 있었다. 이른 봄, 아침 출근길 그녀가 아름다웠다. 그래, 여전히 나는 그녀를 험난하게 만든다. 그녀는 잡아 둔 울타리를 기어이 넘으려는 천둥벌거숭이 남편을 두었다. 자신의 꿈을 빙자해 가족을 위험에 빠뜨리려는 무책임한 남편이다. 세상에 깎여 가는 아내의 천진함을 연료로 제 자신을 세우려는 약삭빠른 지아비다. 인류를 지켜 낸 문명의 주인에 겁없이 반항하고 있는 남자다.

내 부덕의 소치로 가족이 위태로웠다. 내가 지금 하려는 일이 가족에게는 어떤 상처가 되는지를 알게 됐다. 그리고 나는 다시 이 원정에 대한 참여 자체를 원점에서 생각하지 않을 수 없었다. 이제껏 다져 놓은 공고한 꿈이 허물어질 수 있다 생각했다. 한두 사람이 아니라 여러 사람이 이구동성으로 하는 말은 착하다. 그 말에 진심이 담겨 있건 담겨 있지 않건 그게 세상이 지켜 온 진리인지 모른다. 고집 피우려면 혼자 살 일이다. 가족을 떠나 제 발로 사지에 간다는 게 어디 용서될 일인가. 세상의 한 귀퉁이가 허물어지며 나는 무너졌다.

어느 날, 아내는 내 손을 잡았다.

다녀오라. 스스로에게 부끄러운 삶을 사는 것은 자라나는 아이에게 좋은 아비의 모습은 아니다. 그러나 지금 이 몸에 상처 하나라도 더해서 오는 날엔 우린 이혼이다. 그리고 두 번 다시 간다고 나설 때도 가차없다.

아내는 내 뒤에 버티고 선 인류처럼 든든했다. 녹스는 삶보다 닳아 없어지는 인생을 선택한 한 인간에 대한 지지였다. 무너진 간절함은 성기에 차오르는 혈관처럼 다시 꼿꼿하게 세워졌다. 아내에게, 내 발목은 바스러졌지만 내 척추는 부러지지 않았음을 보이고 싶다. 아내의 허락은 이때까지의 두려움을 자신감으로 전환시키는 각성제가 되었다. 한 겁쟁이가, 들어서도 될까 말까를 망설이다 비로소 생의 두려움 속으로 들어선다. 아내 덕이다.

3장

난 마치 웃는 듯
거칠게 호흡하고
있다

순간을 향해 이렇게 말해도 좋으리라.

"멈추어라, 너 정말 아름답구나!"

내가 세상에 남겨 놓은 흔적은 영원히 사라지지 않을 것이다.

이같이 드높은 행복을 예감하면서 지금 최고의 순간을 맛보고 있노라.

- 괴테, 『파우스트』 중에서

▲ 고산 등정을 위한 원정대의 일정은 크게 네 부분으로 나눌 수 있다. 한국에서 미처 할 수 없었던 원정 준비를 마무리 짓는 '현지 준비' 기간과 등반 시작 지점인 베이스캠프까지 짐과 식량, 장비 등을 모두 옮기는 과정인 '상행 카라반', 본격적인 등반을 하는 '등반' 기간 그리고 등반을 모두 마무리하고 베이스캠프의 짐과 쓰레기, 남은 식량과 장비를 땅으로 옮기는 '하행 카라반'이다. 현지 준비 과정은 네팔 카트만두에서 이루어진다. 대부분 현지에서 식량과 장비를 조달하고 행정 절차를 마무리하는 데 소요됐다. 김치를 담그고 계란도 여기서 산다. 부패가 예상되는 음식이나 항공 운송이 어려운 식량을 구매한다. 이후 경비행기를 타고 랜딩 포인트까지 이동하여 에베레스트 베이스캠프에 이르기까지의 약 11일이 상행 카라반 기간이며 그 외 모든 일정은 등반 기간으로 볼 수 있다. 하행 카라반은 대원의 동상 사고로 헬기를 타고 이동했으므로 일정보다 신속하게 마무리됐다.

▲ 본격적인 에베레스트 이야기에 들어가기 전 해야 할 말이 있다. 나를 에베레스트 정상까지 올려 준 신과 같은 악우들이다. 나는 살면서 한 번도 강하지 않았다. 정신적으로도 강하지 못했고 종마와 같은 근육도 가져 본 적 없다. 작은 키에 왜소한 체격은 말해 무엇하겠는가. 이런 내가 지구의 용마루에 오르는 무모한 도전을 극복하게 해준 것은 오로지 나의 사람들 덕이다. 내가 한 것은 그들이 풀어 놓은 실타래를 잡고 다닌 것뿐. 내가 만끽한 정상 등반의 기쁨은 실은 모두 그들이 가져야 한다.

성기진(원정대장)

리더의 전형이다. 그는 앞서는 것이 어떤 건지 잘 안
다. 원정 내내 그는 한 번도 우리를 앞서 오르지 않았
다. 그래서 그는 앞선 자가 되었다. 솔선하여 이끌었
고, 가장 아래서 수범했다. 진퇴가 명확하고 판단은 칼
과 같다. 리더의 덕목을 토시 하나 빠뜨리지 않고 행동으
로 보여 준 대장과 함께였다는 건 우리의 천복이다. 그의 마음이 나를 세
계 최고봉으로 단번에 올라서게 했다.

조벽래(등반대장)

세계 최고봉을 오르는 이 원정은 절대적으로 그의 통찰
에 기댄, 그의 능력이 가장 빛을 발한 원정이었다. 그
는 기가 막힌 작전으로 대원 모두를 정상으로 올렸다.
그는 내가 아는 가장 휴머니스트적인 산악인이다. 후배
의 어깨에 기대어 울 줄 알고 힘들어 우는 후배와 같이 눈
물 흘리며 고통을 나누는 사람이다. 내가 원정을 가기로 마음먹은 것은
전적으로 그의 인간적인 면모 때문이다. 우연이었을까? 내가 생사를 넘
나들던 때 항상 내 옆에는 그가 있었다. 그는 사지에서 나를 살린 신이다.

김남구(식량, 장비, 촬영 담당)

그가 대학 신입생이던 때 나는 그의 대장이었다. 15년
이 지나 그는 어느새 경험 많고 자신감 충만한 훌륭
한 산악인이 되어 있었다. 나는 그에게서 많이 배운

다. 그가 가진 우수한 등반 능력은 물론 어려움, 두려움에 과감히 맞버티는 '간댕이'를 배운다. 그는 절망의 순간에 항상 긍정의 씨앗을 찾고, 에베레스트 원정에서도 온갖 궂은일을 다 해낸, 잘생긴 마스크가 무색할 정도로 아름다운 마음을 가진 청년이다. 그는 살인적인 돌풍이 불어 대는 정상에서 한 시간여를 기다린 끝에 나를 꼬옥 안아 주었다.

어제 월급쟁이,
오늘 히말라야

어제까지는 월급쟁이였고 오늘, 목줄 풀린 내가 되었다. 지구별 용마루에 오르기를 학수고대했던 시간들이 마치 지금을 위해 존재한 것 같다. 지나온 수많은 '오늘'이 장대 끝에 깃발을 올리며 내 승리를 승인한다. 아마 정상에 오르지 못할 수도 있다. 아무려면 어떤가, 내 승리는 산에 올라야 완성되는 게 아니었다. 나는 이미 오른 것이나 진배없다. 네팔행 비행기가 내가 오른 산이다. 그게 내 목적이었다. 벼랑 끝까지 몰고 간 내 고민이 나를 키웠고, 허벅지가 터지는 훈련으로부터 배웠고, 일상을 끊어 내는 단절로 정신적 근육을 굴곡지게 만들었으니 그걸로 됐다.

비행기가 카트만두에 미끄러져 내렸다. 지상에 닿는 쿵 소리, 이제는 물러설 수 없고 빼도 박도 못하는 내 처지의 음성 버전이 셰르파들과 함께.
나는 마치 그들이 꿈에 보던 저승사자 같았다.

다. 후끈 달아오른 네팔 땅에 첫발을 내딛으며 마른 입으로 굵은 침을 삼켰다. 꿈꾸지 않으면 사는 게 아니라 했나. 흉내 내는 삶에서 '나'로 살아갈 앞으로 두 달간의 원정 기간은 그래서 기쁘기도 하다. 고개를 꺾으며 춤출 수 있는 시간, 내 생애 가장 위대한 시도, 가슴팍에 사직서를 붙들고 다니며 얻어 낸 70일, 최선을 다할 것을 다짐한다.

네팔의 낯선 공항에서, 마중 나온 우리 팀의 등반 셰르파(Sherpa)인 치링, 옹추, 따시를 처음 만났다. 어설프게 웃어 보이는데, 내게는 마치 그들이 꿈에 보던 저승사자 같았다. 그들은 내 목에 꽃으로 만든 아주 긴 목걸이를 걸어 주었다. 환영한다는 뜻일 텐데 나는 왜 느닷없이 꽃상여를 떠올렸을까. 그러고 보니 내 가슴팍에 '에베레스트 원정대'라 새겨진 '오버로크'는 검정색 바탕에 흰색 실이다. 흑백의 영정사진을 상상했다. 꽃상여는 뭐고 영정사진은 또 뭔가. 앞서지 마라. 머리를 세차게 흔들어 산에서 죽어 내려오는 나를 지운다.

공항에서 숙소로 가는 길, 해발 1,320미터 카트만두의 살인적인 매연이 목구멍을 갈라놓는다. 시커먼 먼지를 덮어쓴 사람들이 오글대는 거리도 까매 보인다. 희고 긴 치마를 입은 여인이 옆구리에 아기를 둘러매고 빠르게 걸었다. 사람들은 팔을 높이 들며 얘기했고 여기저기 무리 지어 있었다. 생경한 언어가 갑자기 소란스

바람 부는 에베레스트.
내가 히말라야를 걷고 있다.
눈부신 아침을 맞이했고,
햇살 아래 기뻐하며 그지없이 걷는다.

럽다. 녹슨 오토바이가 쌩 하고 내 눈앞을 치날 때, 비로소 나는 두려워졌다.

에베레스트 베이스캠프로 가는 상행 카라반이 시작됐다. 베이스캠프로 가는 여정의 마지막 마을인 남체(3,200미터)를 넘어 텡보체(3,860미터, 여기에 세계에서 가장 높은 사원이 있다)로 간다. 메마른 공기로 인해 입 안이 갈라지는 소리가 나기에 청포도사탕을 입에 물고 이쪽 뺨에서 저쪽 뺨으로 굴려 보냈다. 사탕이 굴러간 궤적을 따라 없던 침이 생겨나고, 사라질 것 같던 인적 없는 오솔길이 다시 열린다.

햇살이 내 척추에 내린다. 고소 증세를 이겨 내고 맑아진 머리는 내가 살아온 중에 가장 쾌청했다. 고소에 적응되자 죽을 것 같은 두통은 사라졌다. 머리를 두 쪽 내어 밖으로 꺼내진 뇌가 바람에 씻기며 풍욕을 하더니 저 혼자 구만리장천을 걷는다. 사무실 모니터를 바라보는 일 외에는 어떤 미래도 어떤 장소도 나와 어울릴 것 같지 않았는데, 내가 히말라야를 걷고 있다. 눈부신 아침을 맞이했고, 햇살 아래 기뻐하며 그지없이 걷는다. 경이로운 일이다. 사실 지금 하지 않으면 안 될 일은 없다. 어떤 일이든 일이란 항상 밀려 있는 법이다. 밀린 일들을 밀어내고 산으로 갔더니 산은 왜 이제 왔냐는 듯 나를 바라본다. 밉다는 걸 게다.

{죽음의 지대

이방인을 맞는 에베레스트의 인사는 살갑지 않았다. 베이스캠프(5,400미터)로 입성하던 날 우리를 반긴 건 숨막히는 호흡과 구토였다. 시시때때로 내리꽂히는 눈사태의 엄청난 굉음에 몸을 움찔거리며 깜짝깜짝 놀랐고, 내 몸에는 두려움이 충혈됐다. 낮아지는 산소 포화도와 요동치는 맥박은 여기가 신의 영역임을 알려 주었다. 에베레스트는 '여기는 너와 같은 미물이 머물 곳이 아니다'는 메시지를 자신의 온몸으로 말하고 있었고, 희박한 산소로 내 숨통을 조여 오며 없는 식욕까지 모두 앗아 갔다. 견디기 힘든 두통에 두개골을 부숴 뇌를 꺼내고 싶었다. 두려움에 떨수록 두려움은 커졌고 다른 두려움을 낳았다. 마음은 오르기를 원했고 몸은 내려가기를 바랐다. 나는 살고 싶었지만 내가 서서히 죽어 가는 모습을 목도해야 했다. 탱탱했던 피부가 늘어져 갔고 윤기 빠진 허벅지 살이 말라빠진 껍데기로 변하는 모습을 속수무책으로 지켜보았다. 산소 없는 8,000미터 지대에서 4일을 보냈다. 산소통을 메고 살았지만 산소통 할아버지를 멘다 한들 지상의 1기압과 같을까 싶었다.

오늘은 자야지 하며 낮에 터벅터벅 걷는다. 잠이 와서 미칠 것 같지만 텐트를 찢는 바람과 혹한에 잠을 잘 수 없다. 인간은 지상의 모든 가혹한 곳에 여신의 이름을 붙여 두었다. 티베트에서 에베레스트를 부르는 이름인 초모룽마와 네팔에서 부르는 이름인 사가르마타는 '대지(만물)의 여신'이라는 의미로, 나는 지금 그녀 안에 있다. 뾰족하게 솟은 검은 봉우리에서 일견, 남성성을 연상할 수 있겠지만 여기는 '최초의 인종을 낳고' 문을 닫아 버린, 죽어 있는 '세계의 음부'다. 황폐한 이곳은 고함치지만 아무도 듣지 못하는 역설의 현장이었다. 나는 아무것도 이해할 수 없고 아무것도 보지 못하는 곳에서 내 민낯을 보았다. 이곳은 생명을 아우르는 땅이 아니었다.

등반이 중반으로 접어들 무렵인 4월의 어느 날, 내가 있던 에베레스트 베이스캠프에서 시신 한 구가 빙하를 뚫고 떠올랐다. 주위 사람들은 최소 10년 전 아이스폴(바위를 비수며 장대하게 흐르던 빙하가 가파른 경사를 만나 무너지면서 생긴 빙하 조각) 지대에서 추락사한 사람으로 추정했다. 오랜 시간 동안 빙하가 융기와 침식을 거듭하면서 시신이 함께 움직인 것이다. 빙하가 움직이는 동안 사지(四肢)는 찢겨 나갔고 몸통만 이제야 지상으로 떠올랐다고 했다. 셰르파들은 으레 있는 일인 듯 간단하게 염을 마쳤다. 미처 수습하지 못한 팔과 다리는 수색하기를 포기하고 몸통만 있는 시신을 아랫마을 로지(히말라야 산장)로 운구했다. 지켜보던 나는 엄숙했고 두려웠다. 나는 빙하가 움직인다는 사실을 믿지 않았다. 그러나 지금 내 눈앞에 움직이는 빙하가 죽은 사람을 싣고 다니고 있었다. 나도 그 위에 실려 있다. 거대한 빙하는 그대로 여기를 뚫고 나간다. 이 무거운 덩치는 몇천 년 동안을 바위 위에 얹혀 갈아 내고 부수고 누르고 저항하는 것들을 흐물흐물하게 만들었을 터다. 인간의 말로는 설명하기 어렵다. 억울하고 안타깝지만 내 실체는 살아 있는 거대한 짐승의 터럭 끝에 매달린 미물이었다.

그날 저녁, 히말라야의 또 다른 산 마나슬루(높이 8,163미터의 세계 8위봉)에서 비보가 날아왔다. 네팔 카트만두에서 우리는 한국의 다른 팀과 이틀 동안 같은 숙소에 묵었다. 그들은 마나슬루로 출정했고 등정 후 이 자리에서 다시 만나기를 약속하며 나란히 원정길에 올랐다. 그런데 한 달 뒤, 그 팀의 전도유망한 산악인 두 명을 히말라야 신께서 데려갔다는 소식을 시퍼렇게 날 선 바람과 같이 듣게 된 것이다. 그 소식은 히말라야 준봉의 옆구리를 휙휙 돌아가는 바람을 타고 와서는 내 광대뼈 끝을 칙 찢어 버리고 거기 박혔다.

우리는 등반을 중단했다. 참담한 소식에 한동안 슬픔을 가누지 못했다. 고 윤치원. 까만 얼굴에 무뚝뚝했던 사나이. 웃을 때 아이 같던 눈은 아직도 잊히지 않는다. 그는 탈진한 후배를 끝까지 끌어안으며 지켰고 결국 산이 되었다. 고 박행수. 인사성만큼이나 밝은 표정, 훤칠한 키에 서글서글한 눈매, 한 달 뒤 이 자리에서 꼭 다시 만나 삼겹살을 먹자 말하던 그의 붉은 입술이 떠오른다. 이듬해 시신으로 발견된 박행수 대원의 손에는 장갑 대신 양말이 꼭 끼워져 있었다 한다.

그날 그들의 상황을 짐작하려 눈을 감았다. 화이트아웃에서 절규하는 그들의 3D 환영이 온 방을 감싸다 이내 환한 웃음으로 바뀐다. 더 이상 가누기도 힘든 두꺼운 옷은 입지 마시라. 걷기조차 어려운 무거운 신발과 배낭을 이젠 내려놓으시라. 자신의 천복을 좇아 흰 산에서 영원히 사는 법을 택한 두 악우님의 명복을 빈다. 영면하시라. 그리고 여전히 살아남은 나, 그들의 죽음을 살아 있는 나와 연결시키며 나를 살려 달라 했고 지켜 주시라 빌었다. 두려움은 두려움으로 끝나지 않고 제 자신을 위한 비열한 기도로 이어지고 있었다. 텐트 옆 까마귀를 보며 생각했다. 오를 수 있을까. 베이스캠프 주변에 어지러이 널려 있는 돌들이 부러웠다. 나는 두려웠다.

딴짓해도 괜찮아

비보가 날아왔다.

이곳에서는 유명을 달리한 산악인들의 무덤을 케른이라 부른다.

유서처럼
써 내려간 엽서

급격한 사면에 황량하게 뻗은 선명하고 가느다란 길. 저 길을 가면 내 꿈도 나오고 기쁨도 나올 테지만 어쩌면 좌절이나 패배, 슬픔도 나올 것이다. 물끄러미 길을 노려보지만 외려 길은 휘어지고 숨고 나타났다 다시 끊어지며 나를 농락한다. 저 길을 가야 한다. 밑도 끝도 없는 사역동사가 이미 사라지고 없는 힘을 쥐어짜라며 보챈다. 이 끝없는 고도와의 싸움은 내 몸뚱아리 중 어느 하나가 잘리거나 내가 죽어야 결국 끝이 날까. 생각은 두려움을 향해서만 치닫는다. 느닷없이, 내 몸으로부터 나온 내 아들이 나를 보우해 줄 것만 같다. 고소 증세는 거의 모든 것으로부터 의욕을 빼앗아 갔다. 밥을 먹는 것도 물을 마시는 것도 손가락을 움직이는 것도 귀찮았고, 벌 수십 마리가 내 머리에 들어앉아 돌아다니는 듯했다.

급하게 혈관확장제를 털어 넣는다. 약발이 빨리 듣기를 기도하고 고통이 나를 괴롭히지 못하도록 기도했다. 나를 죽이지 마라 기도하고 이겨 낼 수 있게 해달라 기도했다. 기도하고 또 기도했다. 무기력한 내가 할 수 있는 건 기도뿐이다. 기도 외에는 아무것도 할 수 없는 내 모습을 보는 일이 괴로웠다. 해발 3,720미터 상보체에서 머리채를 쥐어 잡고 급하게 펜을 들었다. 틈 날 때마다 끄적이던 엽서는 유서가 되었다.

사랑하는 아들에게

저녁을 먹기 전 너에게 서둘러 엽서를 쓴다. 오면서 한 아이를 보았다. 너의 모습을 겹쳤다.

하루하루 만만찮은 고비를 넘기고 있지만 그 아이를 보며 결국 네 앞에 다시 서겠다고 다짐했다. 위대하고 큰 자연 앞에서 겸손을 배워 신념으로 삼고, 자신이 미물임을 깨닫고 네 앞에 있는 사람이 큰 우주임을 알아갈 것이다.

올 때, 아팠던 중이염은 곧 나을 것이다. 여기는 사방이 산으로 둘러쳐 있으나 갑갑하지 않고 많은 길을 걸어 지쳤지만 피곤하지 않다. 어린이집에서 친구들 괴롭히지 말고 선생님 말씀, 어머니 말씀 새겨듣거라. 특히 어머니한테는 절대로 개기면 안 된다. 외할머니한테는 더더욱 그렇고. 너를 많이 보고 싶다.

  5,200미터의 고락셉이 에베레스트 베이스캠프로 가는 마지막 로지다. 방이 있는 2층으로 올라가는데도 호흡이 가쁘다. 나무 합판으로 이어 붙인 침대에 털썩 앉아 두세 번의 심호흡을 한다. 머릿속으로 다음 동작을 그려 보고 최소한의 동작을 찾으려 애쓴다. 먼저 천천히 눕자. 누운 채로 다리를 들어 침낭으로 밀어 넣자. 생각한 최선의 동작으로 침낭에 누워 다리를 넣었지만 어디서 밀려

오는지 거친 호흡을 감당하기가 힘들다. 천장을 보고 한참 동안 숨을 몰아쉬었는데 난감한 일이 벌어졌다. 침낭을 위로 더 당겨야 한다. 그래야 머리끝까지 침낭 속으로 들어갈 수 있다. 일어나 다시 누울까, 누운 채 엉덩이를 들고 순식간에 침낭을 올릴까. 동작 후 호흡의 강도를 상상한다. 곧 다가올 심호흡의 고통에 그 어떤 상상도 물리치고 싶지만 엉덩이를 들어 재빨리 침낭을 끌어올렸다. 낭패다. 한 번에 침낭을 올리지 못했다. 두 번을 연거푸 올렸더니 숨이 넘어간다. 눈은 멀뚱거리며 천장을 보고 있지만 입은 고함치듯 거친 호흡으로 헐떡인다. 매일 침낭과 싸우며 잠든다.

사랑하는 나의 아내

베이스캠프 입성을 하루 앞두고 여기 마지막 마을, 고락셉에 다다랐다.

오전, 속이 좋지 않아 매우 천천히 걸었다. 지금은 속도 괜찮아졌고 머리도 어지럽지 않다.

고도 5,200미터에 무난히 적응하고 있다. 우려했던 심한 고소 증세 없이 하루하루 나아가고 있다. 모두 그대의 덕이다. 풀 한 포기 없는 척박한 이 땅에서 너를 언젠가 볼 수 있다는 기대 하나로 매일을 이겨 낸다. 이곳에서 외국인들은 가족과 함께 트레킹을 하는데, 무척이나 아름다운 모습이다. 곧 아들과 너를 만나면 같이하겠다

다짐하며 그 모습을 기억해 둔다.

너와 함께였다면 얼마나 좋았을까. 여기 설산과 깎아지른 준봉의 파노라마를 보면 아름답다는 생각이 들지만 진경을 너 없이 바라보는 건 의미 없는 일이다. 그림의 떡이요 앙꼬 없는 찐빵이요 그야말로 너 없는 나다. 15여 년간 이렇게 멀리 떨어져 너를 그리워해 본 적이 있을까.

보고 싶고 또 보고 싶다.

에베레스트, 가장 높은 마을 고락셉에서

수면 중에는 호흡이 잦아든다. 호흡을 맘껏 하지 못하면 고소 증세에 시달린다. 수면 중에는 심호흡을 할 수 없다. 에베레스트에서는 최대한 수면 시간을 줄여야 한다. 피곤하지만 어쩔 수 없다. 그러나 새벽, 잠이 쏟아지는 중에 방광을 터뜨리며 나오려는 소변을 견딜 수 없었다. 어렵사리 잠들었는데 저 추운 밖에서 소변을 보고 온다면 분명 잠이 깰 것이었다. 망설이고 망설이다 텐트 밖으로 나가 근심을 해결했다. 수면모드를 유지하려고 실눈을 하고 소변을 보는데 추워서 오금이 저리는 중에도 이놈 오줌이 그칠 생각을 안 한다. 예상치 못한 런타임에 당황했다. 살을 찢는 추위에 몸을 부르르 떨고 다시 텐트로 들어갈 때, 흠칫 밤하늘을 보았다. 순간 나는 움직이지 못했다. 하늘 전체에 빼곡하게 수놓인 별이 보름날 달빛처럼 빛나고 있었다. 밤하늘에 단 1센티미터의 빈틈도 없이 박힌 별들이 스포트라이트처럼 나를 내려다보는 장면에 나는 내 눈조차 의심했다. 숭고하다는 표현이 맞을까. 하늘에 걸려 있는 별의 노다지를 보고 나는 입을 벌린 채 한참 동안 남대문을 닫지 못했다.

사랑하는 나의 아내

베이스캠프의 하루는 귀를 찢는 눈사태 소리와 하늘을 가르는 산사태 소리로 시작된다. 너를 두고 온 지 보름, 하루하루 낯설지 않은 날이 없었는데 앞으로도 낯선 하루들이 모여 더 큰 그리움을 보태겠지. 매일매일 끊임없이 솟구치는 보고 싶은 마음, 꾹꾹 삭이던 그리움을 참기 힘들었던지 오늘 유난히 너를 보고 싶었다. 견디기 힘든 그리움을 엽서에 이름이라도 적어 달래 본다. 고작 보름이 지났을 뿐인데 너와 함께한 15년이 사무쳐 온다. 돌이켜 생각하면 내가 스스로 내린 결정 중에서 가장 잘했고 가장 탁월했던 결정은 너와 결혼한 것이다. 평생을 걸어 그대를 사랑하고 싶다. 사랑하는 나의 아내, 유난히 그립다.

에베레스트, 베이스캠프에서

아이스폴, 쏟아지는 별… 그대

야크가 지나면 그 무리가 모두 지날 때까지 사람들은 움직이지 않는다. 같이 움직이면 낭떠러지로 떨어질 위험도 있거니와 기다리고 멈추는 게 고소 증세에 가장 훌륭한 약이 되기 때문이다. 아닌 게 아니라 처음엔 저 옆을 비집고 가볼까 했다. 그러나 잠시라도 그런 마음을 먹은 것이 수치스럽게 느껴진 건 나 말고 모든 것들이 멈추어 있다는 걸 알고부터다. 히말라야에서 바삐 움직이는 일은 죄악이다. 느린 시간이 지배하는 여기서는 바쁜 게 비윤리적이다. 빠른 시간에 익숙하고 멈춰 있는 시간을 용납할 수 없는 내 관성이 무서웠다. 야크를 보며 얼굴이 붉어졌다. 자신이 까발려진다는 게 이런 것이구나. 한 아이의 아비라는 생각이 내 몸을 야크의 뿔처럼 뚫고 나갔다.

사랑하는 나의 아들

몸이 좋지 않아 입원했다 들었다. 옆에서 돌보지 못하는 아비의 마음이 아프다. 너의 몸이 좋지 않은 것이 꼭 멀리 떠난 아비의 책임 같아, 여기 에베레스트 베이스캠프에서 불안한 마음 가눌 길이 없다. 하루 빨리 나아지기를 기도한다. 세계에서 가장 높은 산, 이곳에 오른다 해도 특별한 보상은 없을뿐더러 주위 사람의 희생이 크기만 하다. 하지만 극한의 육체적 고통과 자기 내면의 안이함과의 싸움은 성숙한 인간을 만들어 낸다. 자랑스러운 아비의 모습을

엽서는 주로 베이스캠프에서 휴식을 취할 때 썼고

하산하는 타국 원정대에 부탁해서 보냈다.

아들에게는 혹시 내게 나쁜 일이 생겼을 때

아비의 존재를 알려 주기 위한 것이기도 했다.

만들어 가기 위해 노력하고 있다. 정상에 다가서는 발걸음마다 너의 밝은 얼굴을 겹친다. 어떠한 결과가 나올지 모르겠지만 최선을 다할 것이다. 너도 아픔을 이겨 내고 밝은 아이가 되어라. 아비는 너를 사랑한다.

에베레스트에서, 어린이날에

사랑하는 나의 아내

떨리는 목소리를 들었다. 힘든 모습이 눈에 선한데 옆에 있어 주지 못해 안타깝기만 하다.

보고 싶고 또 보고 싶은 너의 모습이 매일 잊히지 않는다. 세현이가 아파 입원했고 뉴스에서 날아드는 사고 소식에 떠난 남편을 원망하는 마음이 클 것이라 짐작한다. 너를 만나기 위해 반드시 무탈하게 돌아갈 것이다. 그래서 더욱 열심히 오르려 한다. 너의 소중함이 빛나는 것은 너를 사랑하기 위한 내 마음의 불씨가 불타려 하기 때문이다. 오늘은 베이스캠프에서 머리를 감았고 밀린 빨래를 했다. 하고 보니, 방정이었다. 말끔해진 내 모습과 깨끗해진 옷가지들이 왜 처연했는지 모른다.

캠프3 고소 적응과 마지막 오름이 남아 있다. 너를 생각하며 최선을 다할 것이다. 사랑한다.

에베레스트에서, 마지막 등반을 앞두고

끝도 없는
고산병과의 사투

　히말라야 원정의 성패는 고산병을 대하는 태도에 달려 있다. 고소 증세는 원정 기간 내내 끼니처럼 따라다닌다. 인간이라면 예외 없다. 남대문 지퍼 내릴 힘이 없어 누군가 지퍼를 내려 줘야 소변을 보고, 무기력이 온몸을 지배해 시커먼 크레바스를 가로지르는 알루미늄 사다리 앞에 주저앉는 게 예사다. 다리에 힘이 풀려 드러눕고 일어서고 다시 드러누운 게 몇 번인지 모른다. 귀에는 벌이 날아다니고 머릿속은 소주 세 병을 들이켠 다음 날의 숙취 상태와도 같다. 잘 수 없는 것, 먹지 못하는 것 모두 고소 증세다. 보고도 믿을 수 없고 태연하려 해도 당황스러움을 감출 수 없다. 고통은 또 어떤가. 아서라, 혀를 내두른다. 머리도 흔든다. 고소 증세만 생각하면 에베레스트 쪽으로 오줌도 누지 않는다. 그러나 여기에 페리체(왼쪽)와 로부체(오른쪽).
책에서만 보던 봉우리를 두 눈으로 목도하며 걷는 기쁨도 잠시,
발걸음이 무거웠고 처음으로 호흡이 곤란해지는 지경을 경험했다.

도 훌륭한 치료법은 있다. 내려서는 것이다. 올랐기 때문에 아픈 것이다. 고개를 쳐들고 계속 오르려는 인간에게 자연이 베푸는 자비는 없다. 비단 산에서만은 아닐 것이니. 잊어서는 안 된다. 무조건 내려가야 한다. 고소 증세는 고도를 높이면 어김없이 나타나고 고도를 내리면 언제 그랬냐는 듯 거짓말처럼 없어진다. 신이 오만한 인간에게 주는 근사한 처방이다.

고소 적응을 위해 5,020미터 페리체 뒷산 봉우리에 오르기로 했다. 정면으로 세계 3대 미봉(아마다블람, 마차푸차레, 마터호른) 중 하나인 아마다블람(어머니의 보석상자라는 뜻, 6,856미터)이 보이고 뒤편으로 로부체, 촐라체가 병풍같이 펼쳐진다. 책에서만 보던 봉우리를 두 눈으로 목도하며 걷는 기쁨도 잠시, 발걸음이 무거웠고 처음으로 호흡이 곤란해지는 지경을 경험했다. 달에 착륙한 우주인같이 부자연스럽다. 괴로워 어쩔 줄 몰랐다. 이런 경험은 난생 처음이었다. 거참, 어이없어 웃음이 나온다. 돌계단이라도 나올라치면 심호흡을 몇 번이고 가다듬어야 한다. 숨이 꼴딱꼴딱 차오르고 가슴팍은 어쩔 수 없는 답답함에 미칠 지경이다. 욕이 절로 나온다. 움직일 수 없는데도 후배와 대장님은 돌탑을 쌓고 기도까지 한다. 기도하면 고개를 숙여야 하고 엄숙해야 되고 그러면 호흡하기가 힘들어질 텐데. 사소한 일에도 제 몸뚱아리만 걱정한다. 대원들은 내가 내 걱정만 하는 걸 알까? 이렇게 나는 발가벗기고 있었다. 자신과의 싸움이 어떤 건지 이제야 알게 된다. 이래서 원정이 힘든 모양이다. 그런데 이곳에선 원래 그렇단다. 그게 정상이란다. 우리에게 비정상인 것이 정상이 되는 곳이 여기다. 속이 뒤집히고 머리가 깨지고 묵직해지는 이유는 우리가 여기서는 비정상이기 때문이다. 이제껏 확실하다 믿어 왔던 모든 것, 오로지 이것만이 사실이라 생각한 것이 이곳에선 작동하지 않았다. 이곳은 정상과 비정상을 판단할 수 없고 안과 밖이 바뀌고 속과 겉이 뒤집어진 곳이다. 혼란은 좀체 가라앉지 않았다. 나는 처음으로 이 원정의 주인이 될 수 없을지도 모른다는 생각을 했다. 더 이상 맑아지지 않는 머리통과 항상 울렁거리는 속으로 히말라야 등반은 언감생심인 듯싶었다. 이전, 내가 절망하던 한 날이 다시 나를 지배한다. 신이 있다면 나를 한 번 더 힘껏 분질러라 고함쳤다.

어느 날은 밥 먹다 트림이 나왔다. 트림으로 호흡의 밸런스가 깨져 100미터 달리기를 한 듯 숨을 헐떡였다. 밥을 넘기기가 매우 힘들다. 한 숟갈 뜨고 하늘 몇 번 쳐다보고 다시 한 술 뜨기를 식사 마칠 때까지 계속한다. 매 끼니마다 이 짓은 반복된다. 잘 들어가지 않음에도 억지로 먹는다. 먹은 만큼 갈 수 있기 때문이다. 이곳에는 불문율이 있다. 숟가락 놓기 전에 세 번 더 먹기. 토할 줄 알면서 세 번을 더 퍼 넣고 숟가락을 놓는다. 마지막 하나까지 꾸역꾸역 넣어라, 그래야 산다. 먹는 게 노동하는 것처럼 힘이 든다. 진도를

70도 각도의 빙벽이 1,000미터로 뻗은
로체페이스에 확보줄을 걸고 기대면 가슴이 답답해
호흡을 할 수가 없다.

나가 보자. 이번에는 똥이다. 모두 토하고 물과 스프만 먹고도 나오는 게 똥이다. 신기할 따름이다. 에베레스트에서 대변을 볼 때는 마음을 단단히 먹어야 한다. 심호흡을 크게 하고 일을 본다. 바지를 벗는 데서부터 호흡은 이미 가빠 온다. 본격적인 본론으로 들어가면 황천길을 왔다 갔다 한다. 볼일이 먼저인지 호흡이 먼저인지 참으로 난감하다. 일을 보려면 호흡을 할 수 없어 힘을 줄 수 없고, 호흡을 하려면 힘을 주지 못해 변을 보지 못한다. 엉덩이가 얼어 가는 건 둘째 문제다. 오래 앉아 있자니 숨은 넘어가고 그냥 일어나자니 마음먹은 게 아깝다. 그곳은 자꾸 얼어간다. 결국 성공하고 텐트로 들어가면 대원들의 축하 박수가 터진다. 어깨가 으쓱한다.

등반은 어김없이 계속된다. 캠프3를 오르며 드러눕고 서고, 다시 드러눕고를 반복한다. 피로한 몸은 공중분해될 것 같고, 지친 다리는 힘을 잃어 간다. 기침을 격하게 해서 갈비뼈가 부서진 것 같은 느낌이 들고, 몸은 받아들이지 않지만 가기 위해서는 먹지 않을 수 없으며, 진이 쏙 빠져 피곤해 미칠 지경이지만 호흡 곤란과 추위로 잠을 이룰 수 없어 황망하다. 그러나 젠장, 매정하게도 우리가 가야 할 길은 너무도 선명하다.

70도 각도의 빙벽이 1,000미터로 뻗은 로체페이스에 확보줄을 걸고 기대면 가슴이 답답해 호흡을 할 수가 없다. 앞발로만 서 있어야 해서 발이 아팠으나 수직의 빙벽에 발 디디며 쉴 곳은 없다.

이러지도 저러지도 못했지만 혼자 울음을 참아 가며 캠프3에 올랐다. 막상 나를 기다리던 후배와 대장님을 보니 참았던 눈물이 쏟아졌다. 힘들고 서럽고 억울해서 캠프3에 도착하자마자 우리는 서로의 어깨를 부여잡고 아이처럼 펑펑 울었다. 그렇게 서러울 수 없었고 이 고통을 누구에게도 얘기할 수 없었다. 그날 밤은 또 어찌 그리 추웠을까. 세 명이 침낭 두 개로 날밤을 새웠다. 모두들 제대로 자지 못했지만 내가 잠시 눈을 붙였을 때 침낭 하나를 온전히 다 덮었던 모양이다. 분명히 반만 덮고 잤는데. 함께 울던 동지가 적으로 바뀌는 순간이다.

그렇게 캠프3 고소 적응을 마치고 내려오는 길에 나는 히든 크레바스에 빠졌다. 다쳤던 왼쪽 발목의 통증으로 혼자 뒤처져 하산하는 중에 사달은 벌어졌다. 빙하와 빙하 사이의 큰 틈을 크레바스라 하고 그 틈이 눈으로 덮여 있어 육안으로 확인할 수 없는 크레바스를 히든 크레바스라 한다. 크레바스인지 알 수 없어 이 위로 사람들이 그냥 지나가지만 어느 순간, 덮인 눈이 싱크홀처럼 꺼지는 현상이 발생하는데 이때 재수 없이 그 위를 지나는 사람은 거기 빠지게 된다. 나는 불행 중 다행으로 이 크레바스에 온몸이 빠졌으나 양팔이 빙하 사이에 걸렸다. 그래도 빨리 빠져나오지 못해 추가 함몰이 발생하면 꼼짝없이 지옥과 같은 시커먼 틈 사이로 떨어진다. 아무도 없는 설벽에서 혼자 고함쳤다. 죽을힘을 다해 허

크레바스.
발을 잘못 디디면
3,000미터 아래로 추락한다.

공을 파닥거렸다. 어쩌나 발버둥을 쳤던지 곡절 끝에 올라와 앉으니 사지에 힘이 풀려 아무것도 움직일 수 없었다.

용을 썼으니 사생결단의 심호흡이 이어진다. 가쁜 숨을 몰아쉬며 주위를 둘러보는데 내가 빠진 구멍만 시커멓게 뚫려 있다. 오줌이 나올 뻔했다. 바람은 또 왜 그리 미친 듯 불어 대는지. 크레바스에 빠진 경험은 혼을 빼놓았고 경황이 없는 중에 오른손 우모장갑이 유유히 바람에 날아가고 있었다. 흐느적거리는 내 신세 같다. 화낼 힘도 없어 날아가는 장갑을 속수무책으로 바라본다. 느닷없는 물음이 번개같이 내리친다. 나는 왜 이곳을 오르는 걸까. 산에 가면 밥이 나오나, 돈이 나오나. 왜 이런 거지같은 일들이 벌어지는가. 이리 힘든 곳을 왜 그리 고집부리며 왔을까. 이쯤에서 묻지 않을 수 없다. 나는 왜 오르는가.

{ 오르는 자들

"잘 있나?"

"예, 행님."

"그냥 니 목소리가 듣고 싶었다."

"볼 때가 된 것 같습니다."

"허허, 자식. 잘 있으면 됐다. 운전하는데 먼 산을 보니 니 목소리가 듣고 싶네."

"네…."

"그래."

견딜 수 없는 고통이 왜 내게 이렇게 일어나는지 이해할 수 없었다. 들숨과 날숨의 간격이 메트로놈의 맨 아래 빠르기와 같았다.

쉬어지지 않는 숨통을 잡고 이러다 죽겠구나 싶을 때 캠프3에 도착했다. 산에서 내려와서도 문득 내 목소리를 듣고 싶어 한 그를 안고 목 놓아 울었다. 네팔을 떠나오며 나는 이 전화를 예감했는지도 모른다. 언젠가는 그때가 사무쳐 서로를 부를 날이 있을 거라고 짐작한 것이다. 그러나 사지를 함께 경험한 무뚝뚝한 산재이들에겐 그리 긴 말이 필요하지 않았다. 전화를 끊고 난 뒤 수화기 너머 그의 표정을 나는 짐작할 수 있었다.

그곳은 잡다하지 않다. 잘난 체 포장하는 자신이 없다. 거드름 피우는 누구의 아버지, 남편도 없고 회사에서 젠체하는 나도 없다. 싫으면 짜증내고 배고프면 아귀처럼 음식을 입 안에 쑤셔 넣는다. 죽은 시신을 보고도 내 가쁜 호흡만 걱정하는 내가 있을 뿐이다. 본연의 나, 발가벗긴 자신의 모습, 살아가면서 한 번은 봐야 할 내 자신이 그곳에 있다. 살을 섞고 사는 마누라에게도 보여 주지 못할 처연한 모습들을 보고, 싸우고 짜증내고 끝내는 서로 부둥켜안고 아이처럼 우는, 처절한 동지도 만난다. 정제되지 않은 자신을 보는 것, 단명하여 짜릿한 삶의 맛, 그 맛을 혀로 핥을 수만 있다면, 오르지 않고 배길 일인가.

상행 카라반, 그러니까 등반 전반부의 일이다. 등반대장님의 낯빛이 심상찮다. 페리체에서 어렵사리 형수님께 위성전화를 했는데 지금이라도 돌아오라는 말을 들었다는 것이다. 중국 출장 중인 줄 아시는 그의 어머니가 가는 목소리로 그의 걱정을 한다고 했다. 이날 우연히 본 그의 일기에 이런 글이 있었다. "돌담 뒤에 쪼그려 앉아 한참을 울었다. 우는 모습을 남구가 보았는지 로지에 들어가니 분위기가 가라앉아 있다. 지금까지 잘 숨기고 있었는데… 밖으로 나와 무작정 걸었다. 어머니께는, 이미 돌아가지 못할 강을 건넜고, 그렇다면 저 젊은 동생들이라도 출발했던 곳으로 무사히 돌려보내야지… 이제부터 어머니께 연락하지 않겠다는 마음을 먹었다. 어머니 부디, 옴마니밧메훔, 옴마니밧메훔."

고령인 어머니의 상태가 예사롭지 않은 모양이었다. 그것도 원정 출발 전부터였다면 그가 내린 출정의 결정은 말할 수 없는 아픔 안에서 시작된 것이었다. 고소 증세로 엄살 피우던 나는 부끄러워졌다. 그는 자신의 원정을 어렵게 고민하면서 내 원정을 도왔고 아픔을 내색하지 않고 근거 없는 내 불만과 응석을 다 받아 주었다. 얼굴이 몹시 붉어진다. 나는 두려움에 떨었고 그는 그리움에 울었다.

시간을 만유인력으로 당겨 원정 출발 1년 전으로 가자. 그곳에 나와 그의 잠 못 드는 얘기가 있다. 2009년, 원정 참여를 마음먹었던, 아직은 추운 이른 봄날에 나는 그에게 부러진 다리와 열등감을 안고 갈 수 있는지를 묻는 편지를 보냈다. 그는 대답한다.

우리가 아무리 많은 준비와 훈련을 하더라도 그곳은 우리를 발가벗겨 버리기에 행복하다. 원정에서 네가 느낄 열등감, 충분하게는 아니더라도 이해는 할 것 같다. 정상으로 향하는 네 마음도 이해할 수 있다. 내 마음도 그러하기에. 하지만 한 가지 분명한 것은 우리가 정상에 오르고 거기 머무는 시간은 인생에서 불과 30분이 채 되지 않겠지만 그곳에서 발가벗은 나는 내 평생의 무지개가 될 거다. 영원히 잡을 수 없더라도 난 무지개를 좇는 사람이고 싶다. 앞으로 남은 1년이면 누구나 지구의 용마루에 올라설 수 있는 충분한 시간이다. 하지만 많은 사람이 혹시나 하는 마음과 주위의 시선, 그리고 두려움으로 그 긴 시간을 낭비하기에 그곳으로 가려는 마음조차 먹지 못한다. 새로운 시작을 할 때가 바로 지금 오늘이다. 네 꿈이 이루어지길 기도하마.

그의 어머니는 우리가 귀국하고 일주일 뒤, 마치 마지막 숨을 다해 그를 기다린 것처럼 막내였던 그의 손을 기어이 맞잡은 뒤 유명을 달리하셨다. 원정에서 그의 어머니가 그를 지켰고, 그는 사지에서 나를 지켰다. 원정 후에 그는 어머니의 임종을 지켰고 우리는 밤새 그를 지켰다.

오늘은 한국의 어린이날, 등반은 종반을 향해 간다. 이제 익숙해질 만도 하지만 여전히 식사 때마다 가쁜 호흡과 매스꺼움은 계속

3장 난 마치 웃는 듯 거칠게 호흡하고 있다

된다. 이런 중에 누군가 멍게, 해삼 얘기를 은근슬쩍 꺼내면 먹는 이야기로 시간 가는 줄 몰랐다. 날이 날이니만큼 오랜만에 밥상을 걷어 내고 본격적인 이야기꽃을 피운다. 먹는 얘기로 시작된 이야기는 가족 이야기로 옮아가고 급기야 총대장님은 보고 싶은 딸 생각에 겨워한다. 등반대장님은 아들 현세를 많이 보고 싶어 한다. 센티해진 마음을 달래려고 그랬는지 이날 밤 우리는 자신의 미래에 대해 많은 얘기를 나누었다. 밤이 새는지도 몰랐다.

　즐거운 밤이었다. 우리는 추운 텐트 안에서 침낭을 나눠 덮고 서로의 꿈에 대해 묻고 대답했다. 어느 때보다 그들의 눈은 초롱초롱 빛이 났다. 앞산 푸모리에 걸친 오렌지빛 달처럼 환했다. 아이처럼 똘망똘망했다. 그런데 그게 왜 그리 처연했는지 모른다. 마지막 등반을 앞두고 있었고, 오늘 아침 아무도 말하지 않았지만 모두들 자신의 옷가지를 말끔히 빨래했고, 이를 닦고 세수했다. 한 번도 감지 않은 머리를 감았다. 그러고선 누가 먼저랄 것도 없이 가족들에게 엽서를 썼다(이때 보낸 엽서는 아직도 도착하지 않았다). 그리고 밤에는 꿈 이야기라니. 그것도 모두들 잘 들어라, 내가 지금 말하는 것을 잊어선 안 된다는 눈빛이다.

　밤이 늦어 잠자리에 들 시간임에도 이제 그만하자는 말을 아무도 하지 않았다. 그날, 잊지 않고 전해 다오 하는 나의 꿈, 이렇게 살아왔노라 했던 지나온 날, 시야를 희붐하게 했던 가족 얘기를 유

베이스캠프의 밤.
사람이 살지 못하는 땅이지만 이곳의 하늘과 밤은 아름답다.

언처럼 나는 들었다.

　표정을 고친다. 등반은 마지막으로 치닫는다. 우리는 점점 현지인이 되어 갔다. 아이러니하게도 고소 증세가 거듭되어 몸은 망가지고 있었지만 눈빛은 오히려 선명해진다. 에베레스트 정상을 향한 마지막 출정이다.

마지막 출정

한 달 만에, 거울에 비친 내 모습을 보았다. 무표정하게 보다가 웃어 보기도 하고 찡그리기도 했다가 결국 표정 없이 한참을 본다. 흉했다. 안 그래도 굵은 입술은 부르트고 터져서 군데군데 피가 말라 있다. 코는 직사광에 타버렸고 얼굴은 만년설에 시커멓게 변색됐다. 여기저기 껍질이 일어나고, 거칠다. 손톱 사이의 더러운 때, 추위에 불어 터진 눈두덩이, 봐줄 수 없는 몰골이다. 허벅지는 팔뚝만 하게 얇아지고 피부는 노인처럼 주름져 늘어졌다. 내 몸에 살아 있는 것이라고는 심장뿐인 것 같다. 그랬다. 심장, 저 큰 산이 내 심장을 갈수록 뛰게 한다. 활짝 웃어 보였더니 부르터진 입술 사이로 드러난 치아가 유난히 하얬다. 자, 이제 마지막 배낭을 꾸려라.

에베레스트 등반은 캠프와 캠프 사이를 지겹도록 오르내리는 일이다. 오르내리기를 반복하며 인간의 몸을 고산에 서서히 맞춰 간다. 이른바 극지법 등반이다. 고산 등반의 고전적 방식이다. 이 와는 달리 고소 적응 기간을 따로 두지 않고 단번에 베이스캠프 에서 정상까지 오르는 알파인 스타일이 있다. 우리 팀은 극지법 을 채택했다.

우리가 오른 에베레스트 남동릉 루트에는 총 네 개의 캠프가 있 다. 캠프1을 올랐다가 베이스캠프로 하산하고, 다시 캠프2, 캠프3 를 오르내리는 일을 한 달여간 반복한다. 이후 고소에 대한 적응이 대체로 끝났다고 판단되면 후방(베이스캠프 아래)으로 완전히 후퇴 해 체력과 의지를 재충전하여 단번에 정상까지 오른다.

우리는 이틀간의 재충전을 끝내고 마지막 등반을 위해 베이스 캠프에 다시 입성했다. 캠프1을 생략하고 곧장 캠프2로 가로지를 것이다. 날씨 정보에 더욱 예민해지고 베이스캠프에 운집한 각국 원정대의 정보를 수집한다. 모두들 비장하다. 후회는 없다. 마지 막 등반에서 신을 새 양말은 침낭 포켓에 넣어 두었고 뜨거운 물을 수통에 받아 놓았다. 정상에 가져가 함께 찍을 가족사진과 라마제 단에 걸린 각종 깃발을 챙겼다. 새 내복을 입고 고글을 배낭 헤드 에 넣었다. 여벌 옷가지와 우모복을 챙기고 아이젠과 낮 동안 잘 말린 삼중화는 텐트 옆에 고이 두었다. 애써 특별하지 않으려 애 썼다. 후회는 없다. 마인드 컨트롤에 들어간다.

옐로밴드를 오르는 원정대.
캠프3와 캠프4 중간 지점의 바위 지대다.
경사가 급하고 바위와 눈이 혼합된 구간인 만큼
체력 소모가 극심하다.

'나는 셰르파다. 나는 셰르파다. 나는 셰르파다…'

날이 밝았다. 날씨는 쾌청하다. 몸도 가볍다. 태풍의 부동의 중
심에 있는 기분이다. 에베레스트 정상부에 갓을 쓴 것처럼 버섯구
름이 선명하다. 신의 현현(顯現)일까. 출발 전 라마제단에 엎드렸
다. 부끄럽지 않은 등반을 하겠노라 길게 고했다. 베이스캠프에
남아 등반을 총지휘할 원정대장님과는 어쩌면 마지막일 수도 있
다. 서로가 굳은 표정으로 뜨겁고 짤막한 포옹을 했다. 출발이다.

여덟 시간 족히 넘어 걸리던 캠프1까지 거리를 다섯 시간 만에
주파한다. 모두들 체력은 바닥이지만 정신력 하나만큼은 베스트
다. 곧장 캠프2로 달렸다. 두 시간여 만에 캠프2에 도착한다(처음
캠프1에서 캠프2로 오를 땐 반나절이 넘게 걸렸다). 다음 날 원정대는 쉬
지 않고 캠프3로 진출했다. 여전히 먹는 것은 곤욕이다. 오직 스
프만 삼킬 수 있었다. 욕심이 목숨을 앗아 가는 장면을 무수히 보
아 왔다. 이제부터 평정심을 잃지 않으려 애쓰기로 한다. 나에게
혹시 모를 위험이 닥치면 미련 없이 돌아선다. 날씨가 썩 좋진 않
다. 밖에 나가 소변을 보는데 소변이 수평으로 날아갔다. 윗니와
아랫니가 부딪혔다.

자고 일어나 캠프4(8,000미터)로 향했다. 이 시간 이후의 시공간
은 내 영역이 아니다. 최선을 다했으니 될 대로 되겠지. 한 걸음 내

정상부 마지막 능선.

사진 상단으로 최초 등정자

에드먼드 힐러리가 처음 돌파했던 힐러리스텝이 보인다.

디딜 때마다 높이가 갱신되는 동시에 죽음의 위험이 시시각각 다가오는 길이 될 터다. 그러나 가야만 하는 길이다. 길은 가는 자의 몫이라 하지 않았나. 희뿌연 고글 너머로 까마득한 만년설이 보인다. 이리저리 불어제치는 눈보라가 길을 지우지만 사자의 아가리에 머리를 처넣듯 한 발 한 발 오른다. 산소마스크를 쓰면 갑갑함에 숨을 제대로 쉴 수 없어 미칠 것 같다. 그러나 쓰지 않으면 죽는다. 죽는 것보다 미치는 편을 택한다. 불편한 호흡으로 수직의 암벽을 오르고 또 오른다. 오르는 한 발 한 발은 천근만근이어서 누군가 붙잡고 놓지 않는 듯하다. 이내 체력은 바닥을 보인다. 답답함은 옐로밴드(yellow band, 캠프3와 캠프4 중간 지점의 바위 지대. 노란색 지층이 만년설 밖으로 노출돼 있는 지역으로, 경사가 급하고 바위와 눈이 혼합된 구간인 만큼 체력 소모가 극심하다) 직전 극에 달했다. 숨이 제대로 쉬어지지 않았다. 미친 짓이었다. '이건 미친 짓이다'를 끊임없이 중얼거렸다.

캠프4로 가는 중에 셰르파 서너 사람이 모여 있었다. 가지런히 누워 있는 한 등반가의 시신을 앞에 놓고 운구를 준비하고 있었다. 로체(8,516미터의 세계 4위봉) 등반 중 대(大)설벽에서 추락했다고 한다. 돌돌 말려 있는 옷가지 사이로 허옇게 드러난 얼굴을 보았고 나는 곧 그를 기억해 냈다. 일주일 전 베이스캠프에서 그를 만났다. 날씨에 대해 몇 마디를 나누었고 내가 그의 가족과 그가 사는 마을에 대해 물었다. 서로에게 건투를 빌었고 장난기 섞으며 주먹을 맞대기도 했다. 강단 있고 강해 보이는 사내였다. 그리고 오늘, 주검이 된 그를 보았다. 두려움이 엄습할 새도 없이, 나는 "아…" 한마디를 토해 내고 힘없이 무릎을 꿇었다. 잘 가시라.

그의 영면을 비는 것도 잠시, 동료 등반가의 주검을 앞에 두고 내 호흡이 흐트러질까 노심초사한다. 그의 주검에 엎드려 절을 해 줄 힘도 없다. 죽음 앞에 내 걱정만 한다는 부끄러움조차 이젠 남지 않았다. 나는 비열했지만 그의 표정은 평온했다. 두렵고 부럽다. 느닷없이 여기 모든 사람이 미쳐 있다는 생각이 들었다. 이 거지같은 에베레스트를 빨리 벗어나고 싶다.

그래서다. 목숨을 내놓는 일이기 때문에 내 아들이, 친구가, 우리들의 누이, 오빠가 오른다고 생각해야 한다. 아래가 보이지 않는 설벽에서 자칫 미끄러져 추락하거나 심각한 고산 증세로 숨이 넘어가고 폐에 물이 들어차거나 동상으로 손끝, 발끝이 썩은 나목과 같이 시커멓게 변해 갈 때 내 목숨을 내놓고 죽어 가는 이를 살려 낼 자신이 있을 때 가야 한다. 히말라야는 그런 곳이다.

텔레비전 광고에서는 미끈한 얼굴을 한 연예인이 하얀 설산에 둘러싸여 형언할 수 없이 기쁜 표정으로 멀리 동트는 햇살을 바라보거나 히말라야의 밝은 달빛 아래서 누구도 누릴 수 없는 밤을 즐긴다. 신영복이 말하듯, 우리 감수성을 사로잡고 있는 오늘날의 문화는 본질에 있어서 허구다. 이런 허구가 히말라야의 모습들을 침범하여 상품성을 높이는 데 활용되는 것이 거북살스럽다. 그런 아름다운 모습에서 흔적도 없이 사라지는 눈사태와 악마의 입, 크레바스에 빠져 발버둥치는 산악인들의 환영이 보인다면, 그게 어디 내게만 그런 것이겠는가.

지구촌의 히말라야가 거기 오르는 자들만의 것이라는 유아적 소유욕을 드러내려는 게 아니다. 나는 많은 사람이 히말라야로 가, 지겹기 짝이 없는 회사인간의 탈을 벗어 내기를 누구보다 희망한다. 그래서 단조로운 인생길을 가는 사람들이 단조롭지 않은 길로 들어서기를 온 마음 다해 바라며 내 경우 그 단초가 히말라야에서 시작됐음을 알림으로써 담담하게 소통하고 싶은 것이다. 나는 바람을 타고 날아 영혼을 촉촉하게 적시는 그곳으로 내가 아는 모든 사람을 데리고 수백 번 다녀오고 싶다. 그러나 오르는 일 자체가 상업화되고 상품화되는 것은 경계한다. 탐험과 극기의 가치가 자본화되고 돈벌이의 수단이 될 때 그 피해는 고스란히 그곳을 오르는 자에게 돌아가는 장면을 누누이 목격했다.

해외 일부 국가에서는 뛰어난 현지 가이드를 고용하고 경험 있는 등반가들을 모집하여 대규모 상업 원정대를 꾸리고 자금을 쏟아붓는다. 8,000미터 이상을 오른 인간의 가치를 허구적으로 각인시키고 참가자들은 그 허구성에 부응하여 '등정자'의 지위를 스스로 부여하기 위해 너도나도 상상을 초월하는 금액을 지불하고 개고생에 동참한다. 일생 동안 아이젠으로 걸어 본 적이 단 한 번도 없는 사람들, 안전벨트를 처음 매어 보는 사람들, 피켈을 생전 처음 매만져 보고 양끝을 들어 신기한 듯 이리저리 살피는 사람들이 히말라야에 오른다.

단언컨대 그 사람들이 스스로 물러나지 않는 이상, 사고는 예견된 것이다. 왜냐하면 그들은 위험을 당해도 서로 돕지 않기 때문이다. 철저히 허구로 치장된 히말라야의 모습에 돈을 처바른 결과는 죽음이다. 산을 상업화시킨 인간들에게 주어지는 혹독한 시그널이다. 돈으로 히말라야를 사는 건 히말라야에서 극기와 탐험을 위해 목숨을 바친 사람들에 대한 예의가 아니다. 히말라야에 오르려면 동료의 죽음을 보듬고 동상으로 까맣게 변한 발을 씻어 줄 수 있어야 한다. 눈사태 속에서 동료의 이름을 부르고 그가 떨어진 크레바스 속으로 제 몸을 던질 수 있어야 한다. 올해도 어김없이 히말라야에 등반 시즌이 찾아왔다. 매년 상업 등반대의 사망자가 늘어 간다. 안타까운 죽음이다. 에베레스트에서의 사망자 수는 현재까지 250여 명에 이른다.

나간 글을 데려온다. 우리의 미친 짓은 끝나지 않았다. 캠프4에 가기 위해서는 직전에 시커먼 바위 암벽(제네바 스퍼)을 넘어야 한다. 처음 겪는 호흡통에 가슴이 조여 온다. 마음속으로 욕을 4절까지 부른 뒤 사우스콜(South Col, 캠프4 지역으로 에베레스트와 로체 사이의 넓은 안부. 이곳에서 원정대들은 마지막 캠프를 설치하고 정상 등정을 기다린다. 바람이 평균 50미터퍼세컨드(m/s)의 속도로 분다. 2003년 한반도를 강타했던 태풍 매미의 최대 풍속과 맞먹는 속도다)에 다다랐다. 나는 다른 대원보다 두세 시간 늦게 캠프4에 도착했다. 원래 계획은 캠프4 도착 직후 네 시간여를 쉬었다가 곧바로 밤 8시경 정상을 향해 출발하는 것이었다. 만약 날씨가 좋아 오늘 곧바로 정상 공격을 감행한다면 지금 내 체력으로는 오르지 못한다. 수술한 왼쪽 발목 상태가 급격히 나빠졌고, 설맹 초기 단계라 눈에서는 눈물이 계속 흘렀다. 오르는 동안 화이트아웃으로 인해 주변이 온통 하얗게 보이기에 쓰고 있는 고글을 벗었다 썼다 했더니 곧바로 설맹 증세가 시작됐다. 고소 증세도 심각해져 간다. 최악의 상태다. 이대로라면 등정을 포기해야 한다. 저녁 8시, 원정대는 정상을 향해 출발하려 했으나 텐트를 찢을 것 같은 바람이 미친 듯이 불어 댄다. 캠프4에 운집한 원정대들은 텐트 안에서 죽은 듯이 꼼짝을 않는다. 고도 8,000미터에서 하루를 대기하는 것은 쉬는 게 아니라 서서히 죽는 일이다. 이곳은 체류하는 것만으로도 체력을 급격히 떨어뜨린다. 하지만 물러설 수도, 등반을 강행할 수도 없는 상황이다. 고민 끝에 원정대는 캠프4에서 하루를 더 대기한 후 등정을 시도하기로 결정한다. 만약 내일도 날씨가 좋지 않다면 철수해야 한다. 오직

신이 결정할 일이다. 테라마이신을 눈에 떡칠하듯 발랐다. 등반대
장님이 건넨 비아그라 한 알도 급하게 털어 넣었다. 기온은 영하
40~50도. 텐트 안인데도 몸이 떨렸다. 이제껏 경험하지 못한 희
박한 산소와 낮은 기압, 만년설도 날려 버리는 강풍 가운데서 하
루 종일 먹은 거라곤 멀건 스프와 물뿐이었다.

그럼에도 대책 없이 나오려는 변을 마다하지 못했다. 다들 말렸
지만 나조차 어쩔 수 없는 일이었다. 마음을 단단히 먹고 피켈
을 한 손에 꼭 쥐고는 심호흡을 크게 하고 나갔다. 하지만 나는 텐
트를 나서자마자 강풍에 얻어맞아 주저앉고 말았다. 상상 이상이
었다. 몸을 지탱하려 피켈을 땅에 박았는데 변을 보기도 전에 숨
이 차기 시작했다. 바보같이 산소마스크를 쓰지 않고 나왔다. 더
심각한 건 맞바람 방향으로 앉은 것이었다. 엉덩이와 그곳 감각
이 사라졌지만 변 보다 죽긴 싫었는지 본론이 얼른 진행됐다. 이
제 나는 지구 별 어느 곳에서도 변을 볼 수 있는 인간이 됐다. 정
상 공격을 앞두고 긴장이 극에 달한 대원들은 오랜만에 얼굴을 무
너뜨리며 웃었다.

그때 8,000미터에서 바라보인 붉은 황혼, 붉고 푸른 전리층의
전쟁, 천둥같이 각인된 붉은 아름다움은 가히 지구가 숨겨 놓은 풍
광이라 생각할 만했다. 히말라야 고소의 적막 한복판에서 법열에
잠겨 먹지도 마시지도 않고 천년을 머물렀다는 저 고대의 인도 바

라문 승은 얍삽했다. 조물주가 혼자 즐기는 비경을 엿보았던 것이다. 아, 죽어도 좋으리. 날씨가 다시 좋아졌다. 오후 8시를 갓 넘기자 등반대장인 벽래 형은 정상 공격을 명령했다. 우리는 득달같이 텐트 밖으로 뛰쳐나갔다. 어두운 밤, 벽래 형은 출발 직전 마지막 영상 기록을 남긴 뒤 두 손으로 내 얼굴을 어루만지며 나지막이 속삭였다. "절대 포기하지 마라. 오를 수 있다. 절대 포기하지 마라."

멈추어라 순간아,
너 정말 아름답구나

오늘과 내일 날씨가 맑다는 정보가 정상 공격을 대기 중인 캠프 4의 각국 원정대에 급속히 퍼졌다. 대장님의 출발 명령과 동시에 우리 텐트도 마지막 패킹을 시작했다. 아이젠을 꽉 채우고 산소마스크를 고쳐 쓴다. 배낭의 모든 것을 쏟아부어 짐을 다시 꾸린다. 에베레스트 정상 공격은 보통 전날 밤 8~9시 캠프4를 출발해 그 다음 날 오전 10~11시까지 자지 않고, 먹지 않고 쉼 없이 올라 정상에 이르는 것으로 진행된다. 그야말로 마지막 힘을 모두 다해 올랐다가 빠르게 내려와야 살 수 있다. 캠프4로 다시 귀환하는 데 보통 18~20시간이 걸리는 죽음의 등반이다. 5월 16일 밤 8시 50분, 셰르파 옹추가 강하게 텐트 문을 열고 득달같이 들이닥친다. 먼저 출발하고 있는 타국 원정대를 손으로 가리키며 소리친다. "고, 고(Go, Go)!"

모두가 출정의 전의에 불탄다. 무엇이 나를 이리로 이끌었는지 모르지만 그래, 나는 여기까지 오고야 말았다. 논리도 기술도 통하지 않는 곳을 뚫고 나가기 위해서는 일종의 본능을 동원하는 수밖에 없다. 설맹기가 가시지 않은 눈에서는 눈물이 마르지 않는다. 눈물이 얼음이 되어 눈을 다시 찔렀다. 캠프4 출발 전 벽래 형의 응원, 남구와의 포옹을 끝으로 우리는 정상에 오르기 전까지 다신 만날 수 없었다. 짙은 외로움이 엄습했다. 30여 분을 올랐을까 가혹한 추위에 손가락, 발가락 감각이 사라졌다. 생각도 사라진다. 걸음을 떼기조차 힘겨워지면 머릿속은 하얀 도화지가 된다. 그 도화지에 그려지는 것은 오직 발걸음뿐이다. 한 걸음, 두 걸음, 세 걸음… 머리는 숫자만 기억할 뿐이고 발걸음은 오직 숫자에 따라 옮겨진다. 생각이 지워지면 외로움도 한도 원망도 지워지는 법. 그래, 나보다 더 불행하게 살다 간 고흐라는 사나이도 있지 않나. 우리에겐 잠들기 전 가야 할 길이 있었다.

에베레스트의 밤은 적막했다. 오직 금속성의 장비 부딪히는 소리만 고요 속에 낭자하다. 고요와 소리 사이를 뚫고 오른다. 외국 원정대들도 하나둘씩 대열에 합류하고, 앞서는 자의 뒤 섶을 보며 끝이 없는 수직의 설벽을 오른다. 정상은 과연 있을까, 신기루였는지 모른다. 저 멀리 보이지 않는 정상은 히말라야를 그리던 젊은이의 신기루였는가. 사방이 어둠으로 둘러싸여 보이지 않는 길을 뚫고 가는 절대 고독의 두려움을 안고 5월 17일 새벽 3시, 에베레스트 동릉과 남릉이 만나는 발코니 지역에 들어선다. 이곳이 신의 영역임을 알리는 듯 내 발 밑으로 마른번개가 치고 있었다. 믿기 힘든 광경이다. 침을 삼키니 목이 찢어지는 듯 아프다. 제기랄, 물을 가져오지 않았다는 걸 그때 알았다.

어둠이 서서히 걷힌다 싶더니 사위가 붉어졌다. 밤새 걸었던 것이다. 손가락과 발가락 끝 감각은 이미 사라지고 없었다. 어디로 향하는지, 무엇을 위해 오르는지 알 수 없었다. 그렇게 걷다 힐끗 돌아본 히말라야의 하얀 준봉들이 벌겋게 물들어 있었다. 그때 나는 보고야 말았으니, 에베레스트 8,500미터 고도에서의 일출 광경이었다. 숨 막히게 경이로웠다. 남봉(에베레스트 정상으로 이어지는 남동쪽 위성봉. 이 봉우리를 올라야 에베레스트 정상 능선으로 갈 수 있다) 직전의 암벽을 오르는 중에 등 뒤로 붉음이 느껴졌다. 직접 보지 않고서는 설명할 길 없는 숭고한 풍광이다. 일순간 만년설의 산들을 집어삼키는 붉음이여. 우주에서 지구가 이럴까, 지구 밖에서 떠오르는 태양을 무중력 상태에서 보는 황홀함이 이럴까.

에베레스트 남봉 직전에는 수직의 암벽을 올라야 한다. 3,000미터 수직 아래가 그대로 보이는 공포의 구간이다. 고도감이 말할 수 없을 정도여서 베테랑 등반가들조차 고소 공포를 느끼며 몸이 경

정상 직전. 다리는 천근만근이다.
주저앉고 싶은 마음을 억누르며
기계처럼 뚜벅뚜벅 걷는다.

직되는 곳이다. 극심한 정체 구간이며 통과 시간이 오래 걸려 동상 사고가 빈번한 곳이기도 하다. 5월 17일 오전 8시, 에베레스트 남봉 정상에 섰다. 정상으로 뻗은 바위 능선을 두 눈으로 목도한다. 거의 다 왔구나. 한참을 서서 정상에서의 희열을 예감한다. 힐러리스텝(정상 직전의 작은 암봉. 1953년 영국의 힐러리가 이 암봉에 처음으로 오른 뒤 이 암봉 구간이 힐러리스텝이라 명명됐다)이 선명하고 정상의 코니스(만년설로 이루어진 눈처마)가 분명하다. 사진으로 보고 또 봤던 곳이다. 뚫어져라 쳐다본 뒤 정상으로 발걸음을 옮긴다. 1953년 에드먼드 힐러리라는 사내가 신의 영역을 처음으로 맞닥뜨리고 느꼈을 외로움, 두려움, 아득함이 전이된다. 쥐어지지 않는 주먹으로 로프를 힘껏 당겨 오르니 힐러리스텝 너머로 사납게 경사진 설벽이 또다시 펼쳐졌다. 끝이 아니었구나. 허무함에 주저앉고 싶은 마음을 억누르며 기계처럼 뚜벅뚜벅 걷는다. 멀리 먼저 오른 벽래 형과 남구가 흐릿해진다. 순간 알 수 없는 눈물이 맺힌다.

5월 17일 오전 10시 50분, 난 마치 웃는 듯 거칠게 호흡하고 있다. 옷에는 눈이 덕지덕지 묻어 있고 한 평 남짓, 지구의 꼭대기, 에베레스트 정상에 섰다. 사람 하나쯤 우습게 날려 버릴 정상부 제트기류를 간신히 피해 올랐다. 한 발짝 내딛은 뒤, 허리를 앞으로 꺾고 서너 번의 가쁜 숨을 몰아쉬는 일을 거듭한다. 몸 어딘가 또 다른 아가미 하나가 있었으면 했다. 살이 째진다는 말을 비로소 알아

챌 만큼 매서운 바람이 계통 없이 불며 뺨을 때렸다. 국지적 돌풍은 나타났다 사라지기를 반복한다. 테이프까지 바른 고글 안으로 한 움큼의 눈보라가 수시로 들고 난다. 산소마스크의 급박하지만 기계적인 호흡 소리가 세상의 모든 소리다. 고요하기도, 거칠기도 하다. 고막이 터질 듯한, 침묵 같은 소음이다. 치지직 하며 누군가 베이스캠프와 교신하는 무전 소리가 멀리서 들렸다. 신의 묵인하에 나는 세계의 정수리에 올랐다. 인간이 할 수 있는 수직 운동의 그 끝에는 알록달록한 깃발들이 꽂혀 있다. 부는 바람에 색은 바랬고 끝은 찢어졌다. 그럼에도 매년 원색으로 갈아 끼우는 인간들의 수고가 눈물겨웠다. 실눈을 하고 신이 숨겨 놓은 숨막히는 광경을 본 것까지는 아주 훌륭하지만 이내 죽을 고생을 하고 올라온 이 길을 다시 내려갈 걱정에 앞이 캄캄해진다.

지난 밤 8시 캠프4의 8,000미터 지점에서 출발해 열여섯 시간을 물 한 모금 입에 대지 못하고 올랐다(정상은 8,848미터다). 물, 물, 고함치듯 호흡하며 배낭을 후벼파지만, 맞다, 물을 챙기지 않았다. 정상이고 나발이고 물을 마실 수 없다는 사실이 절망스러웠다. 침을 삼키니 목구멍이 찢어진다. 그 덕에 호흡이 흐트러졌다. 허리를 깊이 숙여 필사적으로 숨을 가다듬는다. 살을 쩨는 바람에 알 수 없는 눈물 한 줄기가 흘렀다. 한 평이 채 되지 않는 이 조그맣고 뾰족이 솟은 눈덩이 꼭대기에 닿으려 겪어 낸 지난날의 서러움이 정상에서 가족과 함께.

사진 속 그들에게 정상까지 함께해 주어 감사하다 말했다.

살려 주어 고맙다 말했다.

밝게 웃고 있는 그네들을 사랑하기 위한 불씨가

영원히 살아 있기를 바랐다.

북받쳐 왔다. 부러진 다리, 월급쟁이, 가족, 밥. 왜 세상은 가용한 모든 제약을 죄다 끌어모아 내가 이곳에 오르기를 가로막았을까. 오르고 나니 또 이곳은 아무것도 없고 아무것도 아니었다. 나는 왜 올랐는가? 정상에서 나를 한 시간이나 기다린 후배의 차가운 신발 앞에 엎어져 소리 내어 울었다. 산소마스크 아래로 흐르는 눈물이 궤적을 그리며 이내 얼어 버렸다. 세찬 바람은 흐르는 눈물을 순식간에 얼리고 속눈썹을 얼렸다. 언 눈썹이 눈을 되찔러 눈물이 났고 눈물은 다시 얼었다. 얼 새도, 흐를 새도 없었다.

울어서 호흡이 가빠졌다. 변신 로봇 같은 산소마스크 속에서 입을 크게 벌려 헐떡인다. 우는 것마저 마음대로 할 수 없었다. 우는 걸 포기하고 털썩 주저앉아 바라본 풍광은 어찌 이리 아름다운지. 바다같이 펼쳐진 히말라야 준봉들, 그야말로 산들의 바다다. 신이 이 비경을 혼자 두고 본 이유가 있었다. 눈을 감고 뛰어내리고 싶은 마음을 가까스로 참는다. "멈추어라 순간아, 너 정말 아름답구나." 가르쳐 주시라, 이 아름다움의 언어를. 람부라차(ramburacha, 정말 아름답다는 의미의 네팔어)!

여기 오르려 쏟았던 힘든 지난날을 이 바닥에 내려놓기로 한다. 정상에는 룽다가 휘날리고, 눈발은 미친년 널뛰듯 이리저리 계통 없이 불어 댄다. 배낭 속 깊은 곳에서 아내와 아들이 나와 함께 웃고 있는 사진을 꺼내고 남구에게 부탁해 사진 하나를 찍었다. 사진

속 그들에게 정상까지 함께해 주어 감사하다 말했다. 살려 주어 고맙다 말했다. 밝게 웃고 있는 그네들을 사랑하기 위한 불씨가 영원히 살아 있기를 바랐다.

이제는 내려가야 한다. 더 오를 곳도 없다. 이제 사는 일은 내려가는 일에 달렸다.

나는 왜 올랐는가?
정상에서 나를 한 시간이나 기다린 후배의
차가운 신발 앞에 엎어져 소리 내어 울었다.

꿈을 좇아도
죽지 않는다

　살기 위해선 내려가야 한다. 이제부터는 이곳이 바닥이다. 땅으로부터 정상이지만 내려가기 위한 바닥이다. 이곳에서 더 울어 댔다가는 숨이 차 죽겠다 싶어 하산을 서두른다. 걱정은 없다. 내 안에 있는 힘은 이미 모두 공중분해됐지만 알 수 없는 무언가가 알지 못하는 힘으로 나를 인도할 것이었다.

　하산은 오르는 것보다 힘들다. 오르느라 모든 힘을 다 써버린 상태다. 거의 대부분의 사고가 하산할 때 일어난다는 사실을 비로소 절감한다. 스스로 주술을 건다. 살아 내려가야 한다. 정신을 똑바로 차려야 한다. 모든 힘을 빼내 두 다리에 힘을 준다.

　고도 8,400미터쯤 됐을까. 남봉 경사면을 어렵사리 내려선 뒤 갑자기 호흡을 할 수 없었다. 설벽에 아이젠을 박고 엎드려 가쁜 숨을 몰아쉬었다. 곧 호흡이 끊어질 것 같은 답답함이 계속됐다. 심호흡을 연거푸 해도 꺽꺽대기만 할 뿐이었다. 숨이 끊어질 것 같은 갑갑함에 고함을 쳤는데, 어찌된 일인지 목소리가 새어 나오지 않았다. 어이가 없다. 난데없이 잠까지 쏟아진다. 겁이 덜컥 났다. 이대로 죽는구나 하며 속수무책으로 있을 때 누가 나를 흔들어 깨운다. 벽래 형이다. 그는 곧바로 내 산소통의 게이지를 체크했고 산소가 바닥난 걸 나는 그제야 알았다.

벽래 형은 하산 중이던 타국 원정대 셰르파(하산하여 알아보니 스위스 원정대 셰르파였다)에게 다짜고짜 산소를 달라고 했다. 다행히 여분의 산소가 있어 나는 빛의 속도로 산소통을 바꾸고 무사히 하산할 수 있었다. 이날, 하산길 8,500미터 지점 힐러리스텝 근처에서 광인(狂人)이 되어 버린 사람을 보았다. 고소 증세인지 동상 말기의 광적 행동인지는 모르겠으나 겉옷을 벗으려 했고 웃었다가 웅크렸다가 팔을 휘휘 저었다 했다. 지나는 모든 등반가들이 그를 만류했지만 이미 그는 어떤 말도 알아들을 수 없는 상태였다. 알아듣지 못할 말을 쉴 새 없이 중얼거렸다. 나는 그를 지나쳤다. 말한마디 건네지 않고 그냥 지나쳤다. 그 일이 두고두고 가슴에 남는다. 그가 어떻게 됐는지는 아직도 알지 못한다. 그리고 이날은 서울팀(같은 해 한국에서는 세 개 팀이 에베레스트에 도전했다. 서울팀, 허영호 대장님이 이끄는 제천팀, 그리고 우리다)에도 문제가 생겼다. 서울팀의 대장님은 장시간 등반으로 인해 8,400미터 남봉 직전에서 사경을 헤매고 있었다. 벽래 형이 내려가는 길에 그를 발견하고 같이 하산하려 했으나 이미 그는 정상적인 상태가 아니었다. 자신의 상태를 스스로 인지하지 못하는 상황이었는데 정상 등정의 의지는 고집스레 남아 있어 무의식적인 헛발질과 오름 짓을 계속했다. 말과 언어도 어눌해져 있었다. 갖은 방법을 써도 그를 하산시킬 방도가 없자 마지막으로 벽래 형은 그의 발에 무릎을 꿇었다.

"같이 내려가자. 내려가야 살 수 있어. 지금 내려가지 않으면 나도 죽고 너도 죽어. 내 말을 마지막으로 한 번만 들어줘."

그러고는 두 손을 모았다. 멍해진 그를 잡고 형은 둘의 몸을 끈으로 묶었다. 엎어지고 쓰러진 끝에 두 사람은 하산했고 살아남았다. 서울팀의 대장님은 하산 후 치료 끝에 손가락과 발가락 하나씩을 잘랐다.

혼미한 정신을 부여잡고 질척거리며 캠프4에 도착함으로써 곡절 많은 하산을 완료한다. 어젯밤에 이곳을 출발한 지 정확히 스무 시간이 지나 있었다. 붉은 오줌이 나왔다. 등정의 기쁨 같은 건 없다. 곧바로 기절하듯 잠에 빠진다. 다음 날 아침, 캠프4에서 일어나 눈물을 흘렸다. 그제야 살아 있음을 느낀다. 추위를 느낄 수 있는 건 내가 살아 있다는 것이고 이 최악의 추위가 나는 감사했다. 산소마스크를 체크하고 여전히 침낭을 열고 일어서는 사소한 일을 다시 할 수 있음에 나는 고마워했다. 아침에 일어나 벽래 형, 남구와 함께 서로를 부여잡고 그렇게 울었다. 그러나 큰일이 생기고 말았다. 남구의 발 상태가 심상치 않았다. 오른쪽 엄지발가락이 검게 변색되어 동상이 심각한 지경으로 진행되고 있었다. 머리를 큰 망치가 치고 지나간다. 어제 저녁 캠프4로 하산한 후 비몽사몽간에 쓰러지는 바람에 남구의 발을 제대로 체크하지 못했다. 항상 밝은 모습을 보였고 좀체 울지 않던 남구가 동상 걸린 발을 부여잡으며 눈물을 보였다. 누구보다 열심히 올랐고 궂은일을 마다하지 않았던 남구였다. 나를 위해 정상에서 한 시간이나 기다려 준 놈이다. 나 때문이다. 가슴이 미어진다. 벽래 형이 남구를 데리고 서둘러 하산하기로 했다. 뒤쳐져 내려오는 나를 향해 다급하게 소리친다. "혼자 잘 내려올 수 있겠제?"

두 사람은 베이스캠프를 향해 곧장 달렸다. 혼자 하는 하산은 생각보다 힘들었다. 왼쪽 발목이 부러질 듯 통증으로 조여 온다. 발을 디딜 때마다 머리카락이 주뻣주뻣 설 만큼 고통스러웠다. 허기 또한 고통 수준이다. 근 3일을 물과 스프만으로 버텼다. 배낭을 뒤져 초코파이 하나를 찾았고 설벽에 주저앉아 우걱우걱 씹어 삼켰다. 그러고는 더 내려갈 기력이 없어 캠프2에 이르러 바로 녹다운

됐다. 혼자였다. 혼자 에베레스트의 홍시 빛 일몰을 보았다. 푸모리가 붉게 물들었다. 신이 자신의 속살을 마지막으로 보여 주고 있었다. 고요함이 귀청을 때렸다. 이곳에서 인간의 목소리가 날카롭고 시끄럽게 진동하면 우리를 감싼 마술의 베일이 찢기리라. 나는 아무 말도 하지 않았다. 내 입에서 말이 새어 나오는 순간 이 고요함의 마력이 사라질 것 같았다. 혼자 남은 캠프2에서 바라본 에베레스트의 마지막 석양은 편안했고 아름다웠다.

오매불망 꿈에 그리던 베이스캠프로 귀환했다. 다시 못 올 줄 알았다. 남구의 동상 진화를 막기 위해 헬기를 요청했고 내일이면 베이스캠프와도 마지막이다. 베이스캠프에서 마지막 밤을 보내는 내 마음이 착 가라앉는다. 고요했다. 그리고 허전하다. 어제와 그제의 등정이 벌써부터 꿈같이 느껴진다. 눈물이라도 흘리면 좋으련만 허한 마음을 가눌 길이 없다. 푸모리의 실루엣만 하염없이 바라본다. 지겹도록 보아 온 아이스폴, 푸모리, 촐라체, 로라, 눕체. 이제 이별을 고한다. 하나씩 하나씩 느릿하게 그러나 똑바로 바라보며 각인한다. 내 너를 언제 다시 볼 수 있을까? 부끄럽지 않았다. 내 생애 가장 치열했던 70일, 그 황홀했던 등반을 내 마음속 깊이깊이 묻는다.

캠프4에서 하산 중이다.
지겹도록 보아 온 아이스폴, 푸모리, 촐라체, 로라, 눕체.
이제 이별을 고한다. 하나씩 하나씩 느릿하게
그러나 똑바로 바라보며 각인한다.
내 너를 언제 다시 볼 수 있을까?

내 자리는
치워지지 않았다

공항에서 우리는 어리둥절했다. 내 생애 이렇게 많은 사람들이 나를 환영해 준 적은 없었다. 악우들은 물론이고 모교 교직원과 학생까지 나와 긴 현수막을 들어올리며 환호했다. 꽃다발을 가슴팍에 받아들고 보라는 데를 보며 사진을 찍었다. 웃지도 못하고 울지도 못하는 중에 군중 속에서 활짝 웃고 있는 아내를 보았다. 아내의 맑고 환한 눈을 75일 만에 맞춘다. 그녀의 눈은 신비롭다. 아내와 나눈 몇 번의 짧은 눈빛에 그간의 가슴 벅찬 얘기를 모두 다 털어놓았다. 많은 사람이 나를 안아 주고 내게 악수하고 말을 건넸지만 내 시선은 멀리 서 있는 아내만 볼 뿐이었다. 이따금 사람들의 머리에 가렸다가 나타나고 다시 가려지는 아내의 얼굴. 와락 끌어안고 꺼억꺼억 넋을 놓고 싶었다. 아들이 내게 오려다 돌아선다. 엄마와 아빠(인지 아닌지 모를 사람) 사이에서 오가기를 몇 번 하더니 내 허벅지를 슬며시 잡아 꼭 붙든다. 내 아들이 맞다. 나를 알아볼까 싶었던 세 살배기 아들이 내게 안아 달라 보챈다. 꽃다발을 다른 손에 옮기고 아들을 번쩍 들어올렸다. 눈물이 터지려는 걸 끄으윽 하며 참았다. 바보같이 눈물만 많아졌다.

원정대원 중 직장인은 나뿐이었다. 금요일 한국에 도착해 월요일에 출근을 했으니 여전히 얼굴은 히말라야 모드였다. 시커멓게 탄 얼굴을 나 스스로도 봐주기 힘들 정도였다. 내 몰골에 직장 동료들이 더 놀란다. 사내 신문에서 내 등정 소식을 미리 알렸던 터라 내가 출근했다는 말을 듣고는 이 부서 저 부서에서 구경을 왔다. 저기 시커먼 얼굴을 한 저놈이 과거에 어눌하게 말했고 쩔뚝거리며 다니던 그놈이 맞는지 모두들 신기해한다. 정상에서 회사 깃발을 날리던 사람이 진짜 네가 맞냐고 묻고 또 물었다. 진짜 꼭대기에 올랐냐고 재차 묻는다. 그들의 관심이 나쁘지 않았다. 회사에서는 다행히 내 자리를 보전해 주었고 환영은 뜨거웠다.

에베레스트에서 찍은 사진 중 가장 잘 나온 것을 뽑았다. 크게 확대해서 멋진 액자에 넣고 내 휴직서에 서명했던 팀장님, 상무님 그리고 사장님께 드렸다. 고생했고 자랑스럽다 하신다. 또 하나같이 웃으며 물으신다. "또 갈 거냐?"

괴롭혀서 죄송하다, 별난 아랫사람을 둔 죄로 생각해 주시라고 부탁드렸다. 그렇게 호랑이 같던 분들이 얼굴에 주름을 보이며 웃어 주셨다. 휴직서를 둘러싸고 벌였던 알력은 이젠 서로에게도 재미있었던 직장생활의 에피소드가 됐다.

그즈음의 어느 날 간단히 외식을 하고 아내와 아들의 손을 내 양손에 잡고 힘차게 흔들며 비탈길을 내려오는데 알 수 없는 눈물이 났다. 살아 있고 아직도 사랑할 수 있다는게 감격스러웠다. 얼굴은 웃는 것도 아니고 우는 것도 아니었다.

귀국 후에, 운 좋게도 신문사 지면에 내 얘기를 연재했고 방송 출연도 몇 번 하게 됐다. 생전 처음 해보는 방송 촬영이라 새로웠다. 뜻하지 않게 지상파 지역방송에 생방송 출연도 두 번 했다. 한 번은 더듬거렸고 한 번은 대본에도 없는 말을 했다. 방송국에서 좁아터진 집에 큰 카메라를 들고 와 내 낡은 등산 장비 모서리 끝을 들어 이리 찍고 저리 찍기도 했다. 아내 주려고 에베레스트 정상에서 들고 온 조그마한 돌멩이를 몇 분이고 촬영했다. 나는 그때 알았다. 직장인 신분으로 세계 최고봉에 오른 일을 사람들은 기이한 시선으로 보고 있다는 것을. 단지 자신에게 부린 오기의 결과일 뿐이라고 여길 수도 있고 한낱 독종에 불과한 놈으로 치부할 수도 있었을 터인데 그들은 상찬해 마지않았다. 세상은 내 얘기를 진심으로 듣고 싶어 했다. 회사 그리고 주변 사람들은 물론 나를 잘 알지 못하는 사람들도 산에서 일어났던 얘기와 어떻게 가게 됐는지 반대는 없었는지 많은 것들을 물어왔다. 그때마다 성심껏 설명하고 들려주었다.

그 무렵 인사팀에서 신입사원 교육 프로그램에서 내 얘기를 공식적으로 강의해 줄 것을 부탁해 왔다. 나는 적잖이 놀랐지만 이게 무슨 강의까지 할 일인가 생각하며 제안을 거절했다. 말주변이 없을뿐더러 어눌하고 느린 말투라 강의에 맞지 않는다고 정중하게 고사했으나 커리큘럼이 이미 정해졌고 생생한 도전 이야기를 선배에게 직접 듣는 좋은 기회가 될 거라 부추기는 바람에 나는 결국 승낙하고 말았다. 이때 그들에게 했던 그 강의가 세상을 향한 내 첫 이야기가 됐다. 첫 강의 때 200명의 신입사원 앞에서 떨며 얘기했던 기억은 새롭다. 강의는 에베레스트만큼이나 두려웠다.

첫 강의를 하는 날, 동틀 무렵 일어나 어제와 똑같이 머리를 감았다. 좋은 와이셔츠를 입고 구멍 나지 않은 검은 양말을 신었다. 주먹을 쥐고 합, 기합을 넣어 보려 했으나 그만두었다. 아무렇지 않으려 애썼다. 강의가 임박하여 침을 삼키면 목구멍이 찢어졌고 침 넘어가는 소리가 읍 하고 들렸다. 주저앉고 싶었고 이대로 도망치고 싶었지만 사회자가 나를 소개했고 나는 200명 앞에 마주 섰다. 400개의 눈동자에 나는 전율했다. 그때부터는 알 수 없는 힘이 나를 지배했다. 무슨 이야기를 했는지 시간이 어떻게 흘러갔는지 알지 못한다. 사회자가 나를 소개한 뒤로 나는 자아를 잃었고 강의가 모두 끝난 뒤 귀청을 때리는 박수 소리에 화들짝 정신이 되돌아왔다. 정신을 차리고 나니 상황은 이미 끝난 다음이다. 멍청한 애기를 했고 그나마 한 애기들은 두서가 없었고 중언부언했다는 것을 그제야 알았다. 얼굴이 화끈거렸다. 누군가 나에게 손을 들어 질문을 했는데 동문서답한 기억만 생생했다. 신입사원뿐만 아니라 시간을 내어 내 애기를 들으러 온 타 부서 사람들도 더러 있었다. 떨었던 탓인지 목소리가 새고 동작은 부자연스러웠다. 어눌하고 볼품없는 강의였음에도 이후 강의 평가에서 매번 가장 윗자리에 올려 준 그들이 고마울 따름이다. 이 글을 쓰게 된 것도 내 애기를 숨죽이며 들어주던 그들의 초롱초롱한 눈빛에 힘입은 바 크다. 산이 준 뜻하지 않은 선물이다. 그들은 책에서나 보던 비범한 사람들의 죽은 꿈이 아니라 자신과 같이 평범한 사람이 말하는 팔딱거리는 꿈에 환호했다.

4장 | 산은 우리를
빈손으로 내려보내지
않는다

사람들이 가지 않은 오지를 다른 사람들에게
알려 주기 위해서는 스스로 그 길에 들어서야 한다.
마찬가지로 다른 사람들이 가지 않는 길을 자신의 길로 선택한
평범한 사람은 먼저 자신의 문제를 풀 줄 알아야 한다.
그것이 자기라는 오지를 풀어 가는 첫 번째 출발지다.
나라는 오지, 나라는 수수께끼, '나'라는 질문을 놓치지 말아야
'나'라는 사람이 걸어간 오지의 아름다움을 보여 줄 수 있다.

- 스승 구본형이 나에게

세상에 쉬운 일은 없다. 얻기 힘든 것은 쉽게 주어지지 않는다. 케이블카를 타고 정상에 오른 이에게 산이 주는 깨달음은 없다. 얻기 힘든 것을 쉽게 얻었다면 그건 나의 것이 아니다. 마찬가지로 얻기 힘든 것을 쉽게 얻으려 하는 사람은 자신이 가진 다른 것을 잃는다. 에베레스트는 이하 일곱 가지 선물을 의문문으로 고쳐 여전히 나에게 묻고 있다.

둘러 갈 것

히말라야를 걸을 땐 길을 꼭꼭 씹어 삼키며 걷는다. 없는 스텝도 만들어 가며 걷는다. 곧장 내지르지 않고 발의 방향을 이리저리 바꿔 가며 걸어야 한다. 그래야 멀리 갈 수 있다. 스텝 하나쯤 생략하고 보폭을 크게 하거나 둘러 가는 길을 곁에 두고 곧장 지르는 길을 택하면 잠시 잠깐 느리게 가는 사람을 앞지를 수는 있지만 으레 고소 증세에 시달린다.

길은 결국 정상에서 만난다(그러나 질러간 사람은 못 만날 가능성이 높다. 빨리 가려는 사람을 히말라야가 받아 준 걸 본 적 없다). 질러간다 해서 정상에 이르는 길이 짧아지는 건 아니다. 산은 빨리 오르는 자를 먼저 받아 주지 않는다. 오히려 둘러 가는 이에게 더 많은 것을 보여 준다. 차로 세 시간이면 가는 길을 능선의 마루금을 걸어 35일 만에 가 닿으면 자신이 간 모든 길을 기억하고 말할 수 있다. 같은 길을 가더라도 이름 모를 풀과 바람과 얘기하고 눈부신 풍광들을 차곡차곡 쌓아 가는 사람은 그러지 않은 사람보다 깊어진다. 사람들은 빨리 가는 얕은 사람보다 느리게 가는 깊은 사람을 좋아한다. 스토리가 없는 삶에 사람들은 귀 기울이지 않는다. 세상에는 진실한 두 가지가 있다. 자기 입으로 씹어 삼킨 밥과 자기 발로 걸어간 길이다. 밥은 먹은 만큼 내 몸을 살찌우고 발은 둘러 간 만큼 근육을 만든다. 인격 없는 인간이 볼품없는 만큼 근육과 상처 없는 밋밋한 민다리엔 아무도 업히려 하지 않는다.

첨단을 향할 것

우리는 북극성에 닿을 수 없다. 그러나 북극성은 나침반의 끝을 떨리게 한다. 닿을 수 없지만 내 삶을 떨리게 만드는 삶의 북극성 하나를 상정하는 일은 지루한 삶을 중단시킨다. 계획은 사무적이고 목표는 가깝고 목적은 전략적이다. 꿈은 어떤가. 손에 잡히진 않지만 가슴을 뛰게 만든다. 주위 사람들은 말도 안 되는 얘기라며 흘려듣거나 웃음거리로 여기는 첨단 하나는 월납 100만 원짜리 보험보다 든든하다. 삶은 나침반처럼 부들거리며 끊임없이 흔들리지만 바늘은 오직 꿈으로만 향한다. 비록 우리는 땅을 기어다니는 수평의 삶을 죽을 때까지 버리지 못하겠지만 수직의 첨단을 향하는 꿈은 아무도 말릴 수 없다. 평범한 사람이 어느 날 어느 순간 거북목을 꼿꼿이 그리고 천천히 척추도 세워 첨단을 바라본다. 오래된 서류가방을 스스로 던지고 피켈로 바꾸어 잡는다. 잘 차려진 밥상 대신에 거친 코펠밥을 나눠 먹고 죽지 않기 위해 필요한 것들만 넣은 단출한 배낭을 둘러메고 바람이 부는 방향을 향해 고개를 든다. 갈기 같은 머리가 휘날린다. 첨단에 이를 수 있을지는 모르겠지만, 비로소 삶은 우리를 떨리게 한다.

한 걸음, 또 한 걸음

시냇물은 숱한 시간을 들여 산을 무너뜨리고 강장동물은 대륙을 만든다. 처마에서 떨어지는 낙수가 바위를 뚫고 한 걸음이 이어져 정상에 닿는다. 주어진 일이 사소한 일로 채워져 있다 원망 말고 오늘의 힘을 믿어라. 잔다란 삶이라 폄하 말고 매일의 힘을 믿어야 한다. 오늘 내딛는 한 걸음이야말로 캠프와 캠프를 잇는 문지방이다. 스승 구본형이 쓴 글에 무시무시한 부분이 있다. "9년 동

인생에 겨울은 반드시 온다.
화려했던 시기의 기쁨만큼 똑같이 하강을 겪는다.
인생의 겨울을 인정하고 받아들일 줄 알아야 한다.

안 나는 변화경영과 관련된 전략적 업무를 탁월함의 수준까지 끌어올리기 위해 업무 시간 중 절반인 네 시간 정도를 매일 집중 투자했다. 네 시간씩 일주일에 닷새면 매주 스무 시간을 쓴 것이다. 1년은 대략 50주이니 1년에 대략 1,000시간을 쓰게 된 것이다. 9년 동안 9,000시간을 수련 기간으로 썼다. 거기에 마지막 3년 동안은 매일 두 시간씩 독학의 시간으로 새벽 두 시간이 추가됐다. 약 2,000시간이 더해졌으니 9년 동안 1만 1,000시간 정도가 투여된 것이다." 하루가 대가를 만든다.

봉우리는 잊을 것

지난 성공은 독(毒)이다. 과거 이뤄 낸 일들에 대한 집착은 다가올 성공을 가로막는다. 지금 오르는 봉우리를 위해서는 이전에 올랐던 봉우리는 잊어야 한다. 오직 더 오를 곳 없는 사람만이 과거의 빛나던 순간을 회상한다. 대부분 과거는 그 당시에는 빛나지 않았더라도 회상하면 빛났던 것으로 뒤바뀐다. 삶 전체가 부정당하는 상황을 면하려는 인간의 방어기제다. 아무도 자신의 빛났던 과거를 부정하지 않으니 마음을 놓았으면 한다. 자신이 과거에 했던 업무는 탁월했고 지금, 과거 자신과 같은 업무를 하는 사람은 뭔가 부족하다고 느끼는 꼰대들이 회사에는 많다. 그때는 모든 것이 좋았고 지금은 하나하나가 마음에 들지 않는다면 그 사람은 봐줄 수 없는 노회함에 사로잡혀 있는 것이다. 그대가 아니길 바란다. 과거에 붙들리면 한 치 앞도 나아가지 못한다. 봉우리는 봉우리만의 난해함을 가진다. 에베레스트를 생각하고 그보다 낮은 디날리를 물로 보다간 큰 코 다친다. 날고 기던 산악 영웅들은 디날리에서 죄다 운명을 달리했다. 디날리는 산악 영웅들의 무덤이다. 북극권 거봉에는 습한 돌풍이 분다. 히말라야의 마른 바람을 예견하여 오르면 낭패를 본다.

멀리 본 것을 기억할 것

높이 올라가 넓은 시야로 본 것은 초라한 지금을 극복하는 힘이된다. 낮게 내려앉아 자세히 보면 깊어진다. 에베레스트에서 나는 이해하기 힘든 부조리와 직면했다. 오르려는 나와 내려가려는 나, 같이 오른 산악인의 죽음에 슬퍼하는 나와 신은 나 대신 그를 선택했다는 생각으로 안도하는 나, 먹으면 속을 뒤집어 놓는다는 걸 알면서 음식만 보면 아귀처럼 달려드는 나, 먹지 않으면 오를 수 없지만 아무것도 먹을 수 없는 나, 잠이 와 죽을 것 같은 나와 추위서 잘 수 없는 나, 숨쉬고 싶은 나와 숨쉴 수 없는 나, 내 안에 동시에 존재하는 이 어이없는 역설을 부둥켜안고 하늘에 욕지거리 퍼부으며 신에게 개새끼라 욕하는 나와 조금이라도 두려우면 신에게 엎드려 비열하게 빌고 있는 나. 내 안의 동물성을 보았고 내 안에 서식하는 야만성을 보았다. 나조차 내가 이런 놈인 줄 미처 몰랐고 내가 하고 있는 생각, 행동에서 내게 이런 모습이 있는 줄 몰랐기에 깜짝깜짝 놀랐다. 내 안에 기생하는 타인을 보았다. 저 멀리 시원에 있는 나라는 인간에게 한 발짝 다가갔던 건 에베레스트가 내게 보여 준 많고 많은 인간 설계도 중 한 페이지였다(진화론의 대척점에 있는 지적설계론이나 창조론을 옹호하는 뜻이 아니다). 나는 나의 동물성과 야만성과 타인성을 기억할 것이다. 나는 나의 야비함을 똑똑히 기억해 내 어깨 위로 오만함이 튀어나오려 할 때, 조금 더 긁어모으려 아귀 눈빛을 보일 때, 남보다 나은 모습을 스스로 대견해하며 겸손을 밥 말아 먹으려 할 때 에베레스트가 멀리 보여 준 설계도를 펴고 하자 보수, 재시공에 들어갈 것이다.

오르기 위해 내려갈 것

　대개의 큰 봉우리에 오르기 위해서는 딱 그만큼 깊은 내리막을 겪어야 비로소 오르막에 접어들 수 있다. 일이 잘 풀릴 때가 있는 반면, 뭘 해도 풀리지 않는 시기가 있다. 인생에 겨울은 반드시 온다. 화려했던 시기의 기쁨만큼 똑같이 하강을 겪는다. 인생의 겨울을 인정하고 받아들일 줄 알아야 한다. 그러지 않으면 지극한 '번아웃'에 빠져 헤어 나오지 못한다. 우리는 인생의 겨울을 관리할 필요가 있다. 즉 자기갱생을 위한 대공황(the Great Depression)이 필요한 것이다. 하나의 단계에서 다음 단계로 도약하기 위해서는 반드시 경계를 넘어야 한다. 경계 넘기는 우리에게 새로운 성인식이다. 내부든 외부든 충격적인 자기파괴의 경험은 역설적으로 삶을 다시 사는 힘을 준다. 이를 온몸으로 경험한 사람을 소개한다.

조지프 캠벨(1904~1987, 비교신화학자)

그는 영웅을 연구하고 신화를 연구하는 사람이지만 그 자신이 영웅의 길로 들어선 사람이다. 1929년 대공황의 시절, 그는 유럽에서 오랜 유학길을 마치고 돌아와 미국 콜롬비아대학 교수로 임용될 예정이었다. 그러나 임용 직전에 자신의 연구 방향과 대학 당국의 입장이 다름을 확인하자 사회적 시선을 개의치 않고 과감히 교수직을 포기한다. 그러고는 조용한 시골 마을 우드스톡으로 홀로 들어간다. 이후 5년간, 대공황의 핍진이 휩쓸던 시절에 1달러를 책상 서랍에 넣고 '나는 결코 가난하지 않다' 자조하며 자신이 읽고 싶은 책을 읽는 데 몰두한다. 칼 융, 제임스 조이스, 토마스 만, 니체, 쇼펜하우어, 칸트, 슈펭글러 등을 읽어 내리며 인류 보고인 철학과 고전 들을 섭렵해 나간다. 1934년 캠벨은 마침내 사라로렌스대학의 교수가 된다. 이후 주옥같은 가르침과 함께 『신의 가면』, 『천의 얼굴을 가진 영웅』, 『신화의 힘』 등 수많은 역작을 쏟아 내며 자신만의 '일가'를 만들어 내고 모두가 신화의 주체가 될 것을 호소하며 신화라는 주제 하나로 사회에 큰 반향을 불러일으킨다. 당대 최고의 비교신화학자였던 그에게 '우울한 우드스톡'의 시기가 없었다면 그의 열매는 탐스럽지 않았을 것이다.

김홍빈(1964~, 산악인)

그는 열 손가락이 모두 없다. 컵에 물을 따라 마시려면 두 손바닥을 가지런히 모아 합장해야 한다. 신발 끈은 항상 누군가 매줘야 하고, 대소변을 볼 땐 누군가 바지 지퍼를 내려 줘야 한다. 그도 한때 열 손가락이 모두 붙어 있는 전도유망한 산악인이었다. 대학 시절 암벽대회 석권은 물론 노르딕, 스키, 바이애슬론까지 섭렵한 전천후 산악인이었다. 더없이 잘나가던 중 1991년 5월, 북미 최고봉 디날리(당시 이름은 매킨리)에 오르며 사달은 일어났다. 혼자 산을 오르던 중 갑작스러운 혹한과 계속되는 악천후로 정상 직전에 정신을 잃고 조난당하고 만다. 기적적으로 구조됐으나 동상은 온

몸에 퍼진 뒤였다. 일곱 번의 수술 끝에 그는 발뒤꿈치가 잘렸고 열 손가락을 잃었다. 차라리 텐트 속에서 죽어 가도록 놔두지, 정신을 차리고 나니 원망으로 하루하루를 살았다. 먹고살기 위해 마음을 다잡고 운전면허증, 중장비 자격증도 따봤지만 오래가지 못했다. 죽으려 마음먹고 약국 앞까지 갔던 게 수십 번이고 뛰어내리려 아파트 창가에 서 있기를 수차례, 죽지 못하는 자신이 원망스러워 주저앉아 운 것도 한두 번이 아니었다. 그러던 중 이렇게 살 바엔 산이라도 다시 한 번 타고 죽자는 마음을 먹고, 1997년, 멀쩡한 산악인들도 하기 힘든 7대륙 최고봉 등정이라는 목표를 세운다. 지인들의 도움을 얻어 열 손가락이 없어도 고산 등반이 가능하다는 걸 알았고 놀랍게도 하나씩 하나씩 계획대로 등정해 나가면서 자신감은 물론 삶의 애착이 더해졌다. 2002년에는 사고를 당했던 북미 최고봉 디날리를 마지막으로 7대륙 최고봉 등정을 10년 만에 마무리한다. 디날리를 다시 오르면서 트라우마를 씻어 냈고 현실에 보란 듯이 승리했다. 2017년 현재 그는 세계의 지붕 히말라야 14좌 중 불과 세 개 봉우리만을 남겨 놓고 있다.

그리고 '우리'

앞서 소개한 사람들을 우러러서는 안 된다. 그들과 같은 길을 밟는 건 더더욱 안 된다. 철학자 한나 아렌트는 "어떤 누구도 지금껏 살았고 현재 살고 있으며 앞으로 살게 될 다른 누군가와 동일하지 않다는 방식으로만 우리 인간은 동일하다"고 말한다. 우리에게는 우리만의 길이 있고 나만의 영웅이 따로 있다. 내 안에 웅크린 영웅을 일으켜 세워 주기만 하면 된다. 내 안의 영웅을 밖으로 불러내는 효과적인 주술은 '상상'이다. 낮에 꾸는 꿈이다. 한데 우리는 이 영웅이 내면에서 조그만 목소리라도 낼라치면 곧바로 사정없이 죽이지 않나. 그때마다 처지를 말하며 시간이 없고, 그런데 지금은 아니라고 말한다.

월급쟁이 삶이 초라하다 느껴질 때 자발적인 대공황에 빠져 보자. 오르기 위해 내려서는 일은 영원의 여정이다. 내려서기 두려울 땐 나를 위해 살고 죽은 인간의 삶들을 숙고한다. 내가 바로 영웅임을 각인시켜 주는 내 앞의 인류로 한 발짝 들어간다. 우리가 함부로 살 수 없는 이유를 얻어내는 것이다. 지금 내 삶은 이름 없는 필부필부(匹夫匹婦)들의 고단했던 삶이고 내 어깨에 내리꽂힌 햇살은 수많은 광애(光礙)를 헤치고 온 것임을 알아차리는 것, 내 눈앞에 반짝이는 별빛 역시 수억 광년을 빛의 속도로 달려온 것임을 아는 게 그에 대한 경의다. 되는 일 없는 일상? 끝없는 나락으로 추락하는 삶? 슬럼프? 쫄 것 없다. 지옥을 경험하고 다시 도약한다. 그것은 위대한 하강이다. 우리 등 뒤엔 인류가 버티고 서 있다.

모두가 오르기로 의기투합했던 순간,

한 사람이 남기를 희망했다. 정상에 오르면

누구나 기진맥진하고, 만약에 있을 조난 사고에 멀쩡한

정신으로 대처할 수 있는 사람이 남아 있지 않다면

원정대 전체가 위험에 빠진다. 같이 오른다는 것은 이런 것이다.

같이 오를 것

에베레스트를 다녀오고 정확히 6년 뒤 역시 월급쟁이 신분으로 북미 대륙 최고봉인 디날리에 올랐다. 디날리는 알래스카 대륙 한 중간에 있다. 에베레스트에 올랐던 사람들 그대로에 여섯 명의 악우를 더해 아홉 명이 장도에 올랐다. 50대가 두 명, 40대가 다섯명, 30대와 20대가 각각 한 명이었다. 여성 선배님이 한 명 있었고, 고산에 오르기에는 역부족으로 보였던 고령의 선배님이 다수 있었다. 모두가 고생스럽게 훈련한 만큼 대장님(에베레스트에서 서로 부둥켜안고 울었던 벽래 형)은 초지일관 전원 등정의 의지를 보였다. 만년설에 오기까지 서로가 어떤 고난을 뚫었는지 알기에 여기까지 온 이상 개개인은 등정에 대한 열망으로 가득 차 있다. 하지만 안타깝게도 확실한 것은 모두가 오를 수는 없다는 것이다. 등반이 계속될수록 체력과 고소 증세로 인해 같이 오를 수 없는 상황이 오기 때문이다. 그럼에도 모두가 오르겠노라 나선다면 등정 가능한 대원조차 그들의 뒷바라지로 오르지 못하는 상황에 직면할 수 있다.

가능성 있는 대원들로 구성한 1차 공격조가 기상 악화로 등반에 실패한 날 밤, 희박한 공기 속에서 서로 기침을 해대며 좁은 텐트 안에 아홉 명이 무릎을 세워 잡고 모여 앉았다. 같이 가자, 같이 가면 오를 수 있다, 같이 올라 성공하면 명예롭다, 같이 오르다 실패하면 그 또한 명예롭다, 아홉 명이 와서 몇몇만이 오르면 오른 사람과 오르지 못한 사람 모두에게 멍에가 남는다. 그렇게 모두가 오르기로 의기투합했던 순간, 한 사람이 남기를 희망했다. 정상에 오르는 날은 자지 못하고 먹지 못하며 열여덟 시간을 칼바람, 돌풍과 함께 걸어야 한다. 정상에 오르면 누구나 기진맥진하고, 1차 하산 목표인 마지막 캠프에 혹시라도 일어날 수 있는 조난 사고를 멀쩡한 정신으로 대처할 수 있는 사람이 남아 있지 않다면 원정대 아홉 명 전체가 위험에 빠진다. 이를 너무나도 잘 아는 한 사람이 자신은 정상에 오르지 않을 것을 마지막 캠프에서 선언한다. 그리고 그는 마지막 캠프에 남아 모든 교신을 예의 주시하겠다고 덧붙였다. 너희들이 내려오는 시간에 따뜻한 차를 끓이고 기다리겠다 말한다. 그의 덕으로 결국 남은 여덟 명이 모두 정상에 올랐고, 조난의 위험이 있었지만 그가 있다는 믿음에 모두가 안전하게 하산했다. 아마 누구 하나 사달이 났더라도 그는 저 죽는 줄은 모르고 올라가 끌고 내려왔을 거다. 그는 에베레스트 원정대의 대장이었던 성기진이다. 같이 오른다는 것은 이런 것이다.

에필로그

여러분의 꿈을 글로 적어 보라.

그것이 바로 여러분의 신화다.

– 비교신화학자 조지프 캠벨

{ 내가 좋아하는
신화 한 자락

내 마음을 몽땅 빼앗고 점령했던 에베레스트는 주술이었다. 그곳에 오르기 위해 세상과 벌였던 진흙탕 싸움을 이번에는 아름답게 마무리했지만 다음에 이와 똑같은 상황이 벌어졌을 때도 세상에 지지 않기를 비는 나의 주술이다. 입 안에서 오물거리는 주술이 활자화되면 자신의 작은 신화가 된다고 믿는다. 무신론자에 가깝지만 내가 좋아하는 신화가 하나 있다. 고대 로마 시인 오비디우스의 『변신 이야기』에서 인용한다.

파에톤은 태양신 헬리오스와 바다의 요정 클리메네 사이에서 태어난 아들이다. 파에톤은 자신과 연배와 나이가 비슷한 제우스의 아들 에파포스에게 지기 싫어했다. 그래서 자신도 신의 아들이라고 자랑을 하게 되는데 '네까짓 게 무슨 신의 아들이냐'는 조롱을 듣고는 깊은 실의에 빠진다. 파에톤은 곧바로 어머니에게 달려가 친자 확인을 요구했고 어머니는 진실을 위해 아버지인 태양신을 찾아갈 것을 권유한다.

파에톤은 곡절 끝에 태양신 궁전에 다다른다. 아들을 만난 태양신 헬리오스는 자신이 아버지임을 밝히며 이 사실을 증명하는 차원에서 파에톤의 소원 한 가지를 무엇이든 들어주겠노라 맹세했다. 파에톤의 소원은 아버지 태양신이 모는 태양 수레를 끌어 보는 것이었다.

태양신은 그것만은 거둬 줄 것을 회유하지만 이미 스틱스 강(그리스 신화에서 지상과 저승의 경계를 이루는 강. 신들은 맹세를 할 때 스틱스 강에 대고 맹세를 하고 제우스라 하더라도 이 맹세를 거역해서는 안 된다)에 맹세했기 때문에 번복할 수 없었고 결국 소원을 들어주게 된다.

파에톤은 가슴이 벅찼다. 태양 수레에 딸린 네 마리 천마는 숨쉴 때마다 불길을 토해 냈고 눈부신 근육으로 무장하고 있었다. 경이로웠다. 고삐를 건네받고 마부석에 앉은 파에톤은 환희에 가득 찼고 이내 불을 뿜으며 하늘을 날아올라 구름 장막을 찢으며 내달렸다. 곧이어 태양신의 강력한 구속력이 없어진 천마들은 익히 알던 궤도를 벗어나 제멋대로 날뛰었고 파에톤이 손쓸 수 없는 지경에 이르렀다. 태양 수레가 너무 높게 하늘을 날았으므로 대지는 추워졌고 살아 있는 것들이 한파에 떨었다. 또 이를 만회하려 너무

낮게 몰자 대지는 불에 탈 지경이 되었고(이때부터 아프리카는 사막이 되었고 에티오피아 사람들의 피부는 까맣게 되었다고 한다) 모든 강물과 바다마저 말라 버릴 지경이 됐다. 대지는 파멸을 맞았고 불바다로 변했다. 결국 제우스가 사태 수습에 나섰다. 벼락 하나를 집어 태양 수레 마부석으로 날렸다. 파에톤은 불덩어리가 되어 지상으로 떨어졌다. 대지의 불길은 다시 잡혔다. '저녁의 나라' 요정들이 그의 시신을 수습하고 비석을 세웠는데 비문(碑文)은 이러하다.

아버지의 수레를 몰던 파에톤, 여기에 잠들다.
힘이야 모자랐으나 그 뜻만은 가상하지 아니한가.

신기한 것은 이날 하루 태양이 사라졌기 때문에 대지의 타오르던 불길들이 세상을 비추었다고 한다. 신화는 여기까지다.

파에톤 콤플렉스가 있다고 한다. '아동기 애정 결핍을 상쇄하려는 인정 욕구'라 풀이할 수 있는 심리학적 개념이라는데, 사람들은 파에톤 이야기를 끌어와 심리학적 전문성에 잇대어 놓은 모양이다. 가만히 노려본다. 애정 결핍이라⋯ 애정이 완성된 인간은 과연 존재할까. 애정 결핍 아닌 인간이 어디 있는가. 더 이상 사랑을 갈구하지 않는 인간은 사람이 아닐 것이니 결핍, 미완성, 유한, 단명, 부자유 이 모든 것이 인간을 인간이게 하는 특징이 된다. 전문

적이라는 허울 좋은 말들 속에 인간에 대한 연분은 없다. 또, 세상 사람들은 파에톤의 이야기를 두고 말한다. 준비되지 않은 자가 신을 알현하게 됐을 때, 즉 정신적으로 신을 대할 만큼 성숙하지 않은 상태에서 신을 만난 사람의 대가는 치명적이라는 의미를 가진다. 내지는 '오르지 못할 나무는 쳐다보지 마라', '역량을 길러 도전해라', '신중함이 실패를 줄인다', '경험을 다져야 한다', '상황을 알고 처신해라' 등의 듣기 거북한 좋은 말을 죄다 끌어 붙여 교훈으로 삼는다. 파에톤의 실패에 초점을 맞추고 얘기하기 좋아하는 호사가들이 젠체하며 들려주는 교훈은 내게 매력이 없다. 시시하다. 위의 이야기를 나의 언어로 풀어내고 싶다. 사람들의 생각과 조금 다르지만 나는 다음의 이유로 이 신화가 좋다.

첫째, 파에톤은 자신이 그리던 꿈의 한 장면의 주인공이 된다. 오기와 열등감에 사로잡힌 인간, 그러나 자신의 가슴속 깊은 곳에는 신의 아들이라는 본 모습이 숨겨져 있었고 아무것도 아니었던 사람의 아들이 대지와 세계를 살려 내는 태양을 주무르게 됐다. 단 하루면 어떤가. 끝이야 어쨌됐든 그는 소망해 마지않은 단 한 장면을 이루고야 만다. 자신의 꿈들을 일상에서 스스로 죽여 가며 자발적 복종의 노예로 살아가는 월급쟁이, 소시민의 얼굴을 한 우리의 본래 모습은 누군가의 영웅인지 모른다.

둘째, 우리가 함부로 넘볼 수 없는 이 세상 모든 금기와 권위를 찌르는 통렬한 똥침이다. 철옹성 같은 권위 위에는 반드시 반대의 권위가 있음을, 그리고 그 반대의 권위는 작은 힘에서 비롯된다는 것, 어설프고 서툴지만 그래서 결국 실패로 끝났지만 태양신의 자리는 절대적인 무엇이 아니었다는 것을 보여 주는 일은 꽤 의미가 있다. 마지막 말을 새겨 보자. "신기한 것은 이날 하루 태양이 사라졌기 때문에 대지의 타오르던 불길들이 세상을 비추었다고 한다." 파에톤의 실패에 초점을 맞춘 모든 인간은 번갯불에 녹아내린 파에톤의 육신이 안타깝기 그지없겠지만 우리 중에는 어쩌면 그의 피를 보며 '신의 일'을 수행한 한 인간에게 나타난 그 찰나의 카타르시스적 쾌감을 느낀 사람도 있을 게다. 음악과 예술의 신 아폴론과 한판 수금(竪琴) 대결을 펼친 인간 마르시아스는 아폴론에 패배하여 산 채로 껍질 벗겨지면서도 신과 대항했다는 이유만으로 만면에 미소를 머금었다 하지 않았나.

무엇보다 실패했기 때문에 의미가 있는 것이다. 성공한 사랑은 시시하고 성공한 혁명은 권세와 친밀해진다. 실패한 사랑과 혁명만이 시와 문학의 재료가 되는 것과 같이 실패로 끝난 파에톤의 이야기는 우리 시심을 풍요롭게 한다. 파에톤의 성공을 가정해 보자. 파에톤이 헬리오스를 대체하게 되면 태양신 마차를 끌고 신의 영역에 들어간 사람이 된다. 이때부터 공식주의가 지배하게 되고 파에톤은 또 다른 권위를 가지게 된다. 파에톤은 제도 안에서 행복하되 오비디우스의 『변신 이야기』에는 실리지 못한다. 실리더라도 문학적 자리는 저 아래로 떨어질 터. 재미없는 신화가 인구에 회자될 리 만무하다.

셋째, 자신이 주체할 수 없을 만큼 화끈한 한판이다. 광란에 가까워 조금은 불안하지만 그 서툰 아마추어적 광기는 때묻은 프로에게서는 찾아볼 수 없는 것들이다. 많이 배운 학자가 하는 말, 이름난 작가의 미끈한 문체라야 세상에 나올 수 있다는 법은 없다. 외려 문화적 권위에서 자유로울 수 있는 아마추어적 광기가 세상의 '보편'이 설명하지 못하는 '개별'을 말할 수 있다. 생긴 대로 지껄일 수 있는 것은 천박함이 아니라 다양성에 기댄 가능성이다. 혼을 빼놓는 프로 명강사의 강연은 그 감흥이 채 한 시간을 넘기지 못할 수도 있지만 어눌한 시골 촌로의 촌철살인은 생을 좌우한다. 태양이 없어진 하루에 세상을 비추게 한 불길을 만든 일은 이제껏 프로였던 태양신이 하지 못한 일이었다. 질기고 비루한 생을 사는 소시민은 자신을 몽땅 태우는 그 화끈한 한판으로 삶을 다시 산다. 화끈함의 마지막은 곧바로 죽음이다. 바꾸어 말하면 죽기 직전까지 화끈함을 이어 간다는 말이겠다. 그것은 환장할 기쁨이다. 우리의 과제는 죽을 때까지 자신의 모든 능력을 자신의 기쁨을 위해 연소시키는 일이다.

나는 내가 가진 열등을 뒤로하고 내 안의 음성에 이끌려 산을 기

웃거리기 시작했다. 피를 토하듯 쏘다닌 산에서 내가 살아 있고 제
육신이 정화되는 착각을 한다. 어디까지나 착각이었다. 발목이 바
수어지는 사고 이후 나 같은 놈이 무슨 세계 최고봉이냐며 잠시 뜨
거웠던 마음을 되돌려 놓았다. 하지만 산을 볼 때마다 마음은 파에
톤이 끌던 태양 수레의 천마와 같이 길길이 날뛰며 하얀 설산을 적
셔 놓았다. 내 안의 신화가 불을 뿜고 있음을 감지했을 때 일동만
수(一動萬隨)의 경락이 지그시 눌리는 쾌감을 맛봤다. 수천 년 신
화를 노래하던 그때 그 사람들과 우리는 다르지 않다. 오늘 오후에
도 우리는 합정사거리와 구산육거리 모퉁이에 서서 신호등이 바뀌
기를 기다리지만, 그때 우리 마음속에서는 파에톤이 살고 오이디
푸스가 다스리고 아폴론이 노래한다. 그들은 이미 내 안에 있으나
우리는 미처 그들을 발견하지 못했을 뿐이다. 신화의 힘은 물리적
인 게 아니다. 신화의 힘은 내 안에 뒤죽박죽 서식하는, 잊힌 나를
회복하는 복원력이다.

　나를 옥죄던 일상에 대한 분노가 봇물처럼 터져 나올 때 삶은 경
이로워진다. 그것은 마침내 반대로 걸어가게 하고 사람들이 가지
않는 샛길로 빠지게 한다. 자신만의 샛길을 가진 개인들이 넘쳐나
는 사회는 풍요롭다. 샛길 막다른 끝에 나타나는 웅장한 폭포를 상
상하라. 그리하여 에베레스트로 가는 월급쟁이가 나오고 시인이
된 배달원, 소설을 쓰는 행정가, 그림을 그리는 미화원들이 쏟아지

는 장면을 즐겁게 지켜볼 것이다. 조그마한 벽도 오르지 마라 막아서는 세상의 어리석은 조언을 듣지 않기로 한다. 알고 보면 그 벽은 사실, 아무것도 아니다. "삶의 길을 가다 보면 커다란 구렁을 보게 될 것이다. 뛰어넘으라. 네가 생각하는 것만큼 넓진 않으리라."

별은 스스로 탄다

딸과 통성명했던 날을 잊지 못한다. "아빠, 근데 아빠 이름이 뭐야?" 태어나 세 살 된 딸이 물었다. 우리는 만 3년을 매일 봐왔지만 딸아이는 그제야 처음 내 이름을 알게 됐다. 뜬금없는 딸의 질문에 한동안 동공이 풀렸다. 나는 아버지의 이름을 물어본 기억이 없다. 아무도 부모님의 이름을 물어보지 않는다. 아무도 하지 않는 질문, 느닷없는 세 살 아이의 물음에 70년 된 멀쩡한 원목 탁자가 갈라지듯 내 마음에 쩍 소리가 났다. 내 이름을 적어 천천히 발음해 본다. 나는 누구인가? 질문하는 나는 누군가? 질문은 꽤 긴 시간 나를 괴롭혔다. 밤을 새워 책을 뒤적거렸고 나는 누구인가를 스스로 묻는 사람들을 찾아다녔다. 고전, 옛사람들의 말과 글은 힘이 셌다. 단번에 내가 왜 사는지 번뜩 알 것 같기도 했다. 대답을 잡았다 싶을 때가 있었다. 지나고 보니 그것은 미궁의 시작이었다. 그때마다 다시 모든 대답을 뒤집어엎어야 했고 드디어 해답을 찾았다 생각했더니 이내 얍삽하게 웃으며 삶 속에서 유유히 빠져나갔다. 질문은 여전히 나를 괴롭히고 아마 죽기 직전까지 답을 내지 못할지도 모른다. 굳이 답을 얻어야 할 필요도 없다. 살아 있는 것, 내 등짝에 햇살 받으며 사는 것 자체가 경이로운 일임을 알게 된 것, 이 짧고 얕은 결론이 오랜 질문의 시간을 지내 온 궁핍한 소득이다. 어느 일요일 오후, 낮잠을 깨고 보니 이곳이 지구고 나는 인간이고 내게 사람 얼굴을 한 귀여운 딸과 개구쟁이 아들이 있다는 사실이 불현듯 낯설다. 내가 아무것도 아니었던 시절을 무한히 진행하다 고생스러운 여정이 끝나자, 비로소 나는 인간이었다.

답은 없었다. 처음부터 없었다. 없는 답을 찾느라 해매고 탈진하고 나서야 알게 됐다. 미리 정해지지 않았으므로 아무것도 예측될 수 없다. 답은 찾아지는 게 아니었다. 삶은 단지 전개될 뿐이다. 슬프지만 나는 과정이다. 겉멋에, 딴에는 사는 데 특별한 의미를 부여하지만 쓸데없는 정충에 지나지 않을지 모른다. 어쩌면 죽을 때까지 필사적으로 매달린 일들이 죄다 쓸데없을지 모른다. 그러나 답을 찾아 해맨 사람과 해매지 않은 사람은 같지 않다. 어떻게 사는지에 대해선 아무도 답해 줄 수 없으므로, 한 인간의 의젓한 자기확신과 개별성은 자신만의 쓸데없는 일을 무던히도 해

234
딴짓해도 괜찮아

댄 끝에 온다. 일요일, 조금 빈둥대다 보면「전국노래자랑」시작을 알리는 음악이 들리는 심심한 삶. 꼭 그 시간 그 시절에 시청해야 할 프로그램과 살아야 할 인생의 길이 누군가에 의해 미리 짜인 삶은 갑갑하다.

산에 간 것은 쓸모없는 일이었다. 아이러니하다. 쓸모없는 짓으로 내 인생의 쓸모는 커졌다. 쓸모없는 일들을 할수록 나는 내가 되어 가는 것 같다. 쓸데없는 일은 반드시 쓸모를 생산한다. 죽는 줄 뻔히 알면서 뛰어드는 무모한 자들이 있다. 출산을 앞둔 어미가 그렇고 기를 쓰고 높은 산을 오르는 산재이들이 그렇다. 단지 과정에 지나지 않을 행위들에 죽음을 불사하고 덤빈다. 위험하기 짝이 없는 이 무모한 도전이 나는 왜 이리 매력적인가. 무모함은 의젓한 인간을 잉태한다. 칼날 같은 천 길 낭떠러지를 등반할 때 중국으로 떠밀리는 느낌을 받는다. 거기서 나를 갈가리 찢는 데는 한 입자의 바람이면 충분하다. 그러나 그렇게 되기 전까지는 인류가 힘을 모두 합치더라도 나를 해칠 수 없다. 매일같이 월급쟁이 가면을 쓰고 다니지만 진짜 내 모습은 아니라 믿는다. 낡은 책상에 앉아 이미 낡아 버린 사람들의 말에 오늘도 고개 숙이지만 이리 살다 죽진 않을 것이다.

월급쟁이는 땅에 붙어 있고 에베레스트는 하늘에 붙어 있다. 어울리는 구석을 찾아보기 어렵다. 월급쟁이는 떠날 수 없는 현실에

옴짝달싹할 수 없지만 에베레스트는 100년 동안 1밀리미터를 움직이더라도 하늘을 향해 멈춘 적이 없다. 하나는 노예적이고 인공적이고 사회적이며 다른 하나는 인간의 손에 개의치 않는 자연이고 비인간적 존재다. 우리는 늘 상반되는 부조리와 맞닥뜨린다. 역설은 언제나 난해하다. 이 난해함이 흥미로웠다. '쓸데없이', '하라는 일은 안 하고'. 나는 이 두 개의 생경한 말과 가치가 서로 화해하는 모습을 보고 싶었다. 월급쟁이가 오른 에베레스트, 아무에게도 물을 수 없었고 아무도 답해 주지 않았으므로 얼어붙은 눈밭에 눈물을 쏟아 내며 뒹굴기로 했다. 몸으로 구르고 혀로 핥으며 제 걸어간 길이 온 몸에 새겨진 달팽이처럼 내 인생으로 직접 확인하기로 했다.

산에는 아무것도 없었다. 기어이 오른 그 꼭대기에는 황량하고 거친 바람만 있었다. 내가 찾으려는 꿈의 무지개는 산 아래에 있다는 것만 확인했을 뿐이다. 그렇지만, 그럼에도 불구하고 우리는 물어야 한다. 어쩔 수 없이 시키는 일을 하며 살지만 그 삶을 벗어나지 못하는 쩨쩨함의 끝을 스스로에게 물어야 한다. 우리는 인화성 짙은 일들을 애써 피해 왔다. 구름 장막을 찢고 환희로 가득 찬 욕망을 차가운 이성으로 절제한다. 절제는 넘쳐나는 욕망을 모조리 자르고 베어 낸다. 그리하여 늘 차선을 선택했다. 절제와 이성으로 삶은 졸렬해진다. 돌부리 없는 평탄한 길은 밍밍하고, 목적

나는 아무래도 산으로 가야겠다.

내 심장을 뛰게 만들기도 했지만 나를 때려눕히기도 했고,

나를 달뜨게 했지만 나를 쓰러뜨리기도 했던 산으로.

친구도 되어 주었다가 범접할 수 없는

신성으로 엎드리게 만들기도 했던 그곳으로 말이다.

사랑했고 미워했고 동경했고 분노했던 산으로.

지 훤히 보이는 넓은 길은 시시하다. 고개 숙인 채 아무런 말없이 걸어가는 대열에 휩쓸려 그들과 같은 모습으로 걸어가는 길은 내 가슴을 뛰게 하지 못한다. 기뻐야 할 토요일은 바빴던 평일의 관성이 지배하고 편안해야 할 일요일은 불편한 월요일 생각에 불안하다. 우리 언제까지 금요일에만 기뻐할 겐가.

스스로 타는 것이 별이다. 별은 결코 남의 행성에서 새어 나오는 빛으로 반짝이지 않는다. 별은 자신을 태워 나오는 빛으로만 반짝인다. 그리곤 제 명을 다할 때까지 태운다. 우리 모두는 별이다. 비록 남에게 월급 받아 가며 살고 있지만 내 속에서 터져 나오는 빛으로 타는 별이다.

딴짓해도 괜찮아

에베레스트,
66일간의 기록

에베레스트, 66일간의 기록

여기에는 원정 출발에서부터 정상의 순간까지 일련의 사건들이 기록돼 있지만 이 외에 기록되지 못한 피나는 개인 훈련과 기록할 수 없는 안타까운 순간들, 기록될 수 없는 속수무책의 느낌들이 함께 있다. 피를 토하는 노력 없이는 갈 수 없는 곳임을 너무나도 잘 알고 있기에 대원들의 모든 걸 하나하나 빠뜨리지 않고 기록해 그 빛나거나 무참했던 경험을 열거하고 싶었다. 동시에 그 기억을 그네들의 가슴속, 마음속에 영원히 살게 하여 기록으로만 사는, 혹은 그 기록을 다시 찾지 않으면 잊어버리고 살아가는 어리석음을 피하고 싶었다. 그게 우리들이 말하는 '사무침'이라 믿는다. 이 기록과 그 사무침을 생사를 함께한 나의 악우들에게 바친다.

1. 오를 수 있을까(카트만두에서 베이스캠프까지)

3월 26일, 출발, 히말라야 1일 차

■ 07:00 공항

마치 이날이 오랫동안 나를 기다린 듯하다. 이 우주적 떨림과 공명하는 맛이란. 많은 분이 공항에 나와 원정대를 환송했다. 아내는 세 살배기 아들을 장모님께 부탁하고 혼자 나를 배웅했다. 공항에서 많은 사람들이 나를 안아 주었고 잘 갔다 오라 악수하며 말을 건넸지만 내 시선은 멀리 혼자 서 있는 아내만 볼 뿐이다. 이따금씩 많은 사람의 머리에 가렸다가는 나타나고 나타났다가는 다시 가려지는 아내의 마지막 눈을 보았다.

■ 08:45 이륙

오지 않을 것 같던 이날이 오고야 말았다. 비행기만 타면 원정의 50퍼센트는 성공한 것이라 했다. 승리하며 시작한다.

■ 16:10(이후 현지 시간) 네팔 국제공항 도착

셰르파들과의 역사적인 첫 만남. 그들을 보고 나는 왜 저승사자를 떠올렸는가.

■ 17:00 네팔 카트만두 현지 숙소 더랜드마크호텔(The Landmark Hotel) 도착

마나슬루(8,163미터의 세계 8위봉) 등정을 계획하고 있는 한국도로공사 산악팀, 김홍빈, 김미곤 악형, KBS「산」취재팀을 네팔에서 만난 뒤 사지로 들어선 느낌은 그나마 반감됐다.

엘리자베스 홀리 여사의 대리인으로부터 원정에 대한 간단한 조사를 받았다. 엘리자베스 홀리 여사는 세계적으로 권위 있는 미국의 산악잡지 『아메리칸 알파인 클럽(American Alpine Club)』의 원로 기자로서 네팔에 주재하며 각종 산악 기록에 대한 공신력 있는 조사와 각종 사실, 산악 기록 분쟁을 조정, 확인, 승인하는 것으로 유명하다. 히말라야 등반에 대한 방대한 데이터베이스를 축적하고 있으므로 그녀에 대한 신뢰도는 독보

적이라 할 만하다. 조사를 맡은 대리인의 소속 또한 히말라야 데이터베이스(Himalaya database the expedition archives of Elizabeth Hawley published by the American Alpine Club)였고 이름은 지반 슈레스타(Jeevan Shrestha)였다. 그에게 이번 원정의 전체 개요를 브리핑했다.

히말라야 2일 차, 카트만두

■ 05:20 기상

낯선 이방인을 살갑게 반겨 주진 않는 듯 탁한 공기의 카트만두에서 첫 아침을 맞는다. 아침부터 형들은 "벌써 새끼들이 보고 싶어" 하신다. 오늘은 해야 할 일이 많다. 타멜 시장(수도 카트만두에 있는 네팔 최대 시장이다. 트레킹 및 원정을 위한 대부분의 현지 준비는 이곳 타멜 시장에서 한다. 거의 모든 걸 판다)에서 현지 식량과 장비를 구입해야 하고 미처 준비하지 못한 개인 장비들을 점검해야 했다. 점심으로 '달밧'이라는 네팔 전통 음식을 먹었다. 생소하고 거북한 맛에 다들 일찍 숟가락을 놓는데 남구는 잘 먹는다. 소 같다 했다. 네팔의 뙤약볕 아래서 현지 준비는 16시 15분까지 계속됐다. 사용할 일이 생기지 않기를 바라며 위성전화 사용법을 꼼꼼히 배웠다.

시끄러운 경적 소리와 매연으로 몸과 마음을 다스리기 쉽지 않지만 웬일인지 낯설지가 않다. 말끔한 허우대에 익숙한 우리에게 이곳 사람들은 불결하고 가여워 보이겠지만 그들은 우리를 불쌍히 여길 것 같다. 사람들은 세상 누구보다 여유롭고 자유로워 보인다. 네팔이 맘에 들기 시작한다. 인류 영혼의 고향, 자본의 논리가 끼어들 수 없는 순수함이 느껴진다.

딴짓해도 괜찮아

■ 17:30 저녁 식사

북한의 세계적인 공식 음식점 '옥류관' 방문. 지난 2000년, 역사적인 6·15선언의 현장에서 두 나라 수장에게 점심으로 제공된 함흥냉면을 직접 만들었던 요리사가 이곳에 있다. 대통령의 함흥냉면을 맛보다니. 기가 막힌 그 맛, 내 생애 최고의 랭면이다! 너무나 맛나는 통에 입을 가만둘 수 없어 여종업원 김은향 씨한테 농을 던지니, "당신은 탁졸유퇴야요" 하는 야유가 돌아온다. 탁졸유퇴는 탁아소 졸업, 유치원 퇴학이라는 뜻으로 북한에서 상대의 무식함을 비꼴 때 쓰는 말이다. 그러건 말건 남구, 나, 벽래형, 대장님은 그저 싱글벙글. 그러자 김은향 씨는 회심의 한 수를 꽂는다. "술을 왜 그리 방울방울 드십네까?"

■ 그날 밤

원정대는 천우신조로 한 사람을 만난다. 각자 지구 반대편에서 날아와 네팔 어느 작은 호텔에서 만난 우리와 영국의 한 노신사. 그는 세계적인 등반용 산소마스크 제조업체인 서미트 옥시전(Summit Oxygen)의 수석 엔지니어 데이비드 프라이스(David price)였다. 금번 자체적으로 새로 출시한 차세대 산소마스크를 런칭하기 위해 네팔 카트만두에 머물고 있었는데 우리와 같은 층에 개방된 큰 방을 같이 쓰게 되면서 기적 같은 만남이 이루어졌다. 그는 우리 원정대에게 새로 출시되어 아직 시장에 내놓지도 않은 따끈한 신제품 산소마스크를 사후 품평을 조건으로 전격 기증했다. 그는 신제품을 시험하고, 우리는 선진적인 고소 등반 장비를 처음 경험하는 원정대가 됐다. 검증되지 않은 제품이라 약간의 리스크는 따르지만 구형 산소마스크를 가진 우리가 그걸 마다할 이유는 없었다. 천군만마를 얻은 듯, 행운이 뒤따른다. 출발이 좋다.

서미트 옥시전의 신형 산소마스크는 산소 조절 장치(공기주머니)를 없앤 자리에 첨단 여과기가 탑재돼 있다. 중량, 크기 면에서 기존 제품을 압도할 만큼 혁신적이었다. 그러나 서양인의 얼굴 체형에 맞춰져 있어 밀착감은 다소 떨어졌다. 마스크 틈새로 몇 번 돌풍이 들이치자 눈썹이 얼었다. 유일하지만 가장 큰 단점이다.

아침에는 한국도로공사팀과 김홍빈, 김미곤 선배님이 마나슬루로 떠났다. 그들은 카트만두에 도착하기 전부터 우리 원정대에게 많은 도움을 주었다. 떠나기 전 우리와 단체로 사진을 찍었다. 현지에서 단체 사진은 독립운동가들의 흑백사진처럼 언제나 밝고 웃는 모습으로 찍는다. 어슴푸레 동이 트는 먼 이국 땅 카트만두에서 첫 이별이다. 높고 낮은 배낭 사이로 같은 옷을 입은 그들 뒷모습에 대고 무탈하기를 기도했다. 밝은 모습을 한 그들을 마나슬루로 보냈다. 부디.

이날 함박웃음을 지으며 다시 만나자던 윤치원 선배님과 박행수 후배님은 결국 산에서 영원히 사는 길을 택했다.

이제 드디어, 오매불망하던 그곳으로 들어서려는데 나는 무엇이 두려운 걸까? 아마 죽음일 게다. 네팔에 도착한 이후 등반을 마칠 때까지 죽음이라는 사태가 내게도 일어날 수 있다는 생각이 머릿속을 떠나지 않았다. 나를 흐리멍덩하게 만든 그 첫 두려움은 할 수만 있다면 다시 돌아가고 싶을 정도로 강했고 카트만두에 도착한 첫날부터 시작됐다. 유서처럼 엽서를 쓰기 시작했다.

히말라야 3일 차, 타멜

■06:00 기상

아침 8시에 원정팀 전체가 모였다. 셰르파들과의 상견례를 시작으로 임금 계약, 각종 비용에 대한 협상을 진행했다. 으레 나오는 기분 좋은 이견들이 있었다. 무리 없이 순조롭게 마무리됐다. 다들 첫 단추를 잘 꿰었다는 생각인지 표정이 좋다. 우리도 한국에서 미리 준비해 간 학용품을 두 팔로 아래를 받쳐야 할 정도로 셰르파에게 듬뿍 전달했다. 얼굴이 허물어지도록 웃는다. 내가 다 기분이 좋다. 이후 원정대는 조를 나눠 식량과 장비 준비를 계속했다. 현지 업무는 생각보다 많은 시간과 집중력을 요구했는데 그나마 한국에서 많은 준비를 해온 터라 서두르지 않을 수 있었다. 카트만두 다운타운인 타멜 시장은 세계 각지에서 온 배낭여행객들로 붐빈다. 편안한 모습으로 돌아다니는 그네들이 부럽다.

히말라야 4일 차, 카트만두 외곽 람옹디 곰바 티베트 불교 사원

■06:30 기상

내일, 드디어 카라반이 시작된다. 만감이 교차하는 가운데 모두 모인 오후에는 티베트 불교 사원에 들러 무사 산행을 기원했다. 가부좌를 한 노스님 앞에 무릎 꿇고 머리를 세 번 찧었다. 스님은 내 머리 위로 고양이 세수하는 양만큼의 물을 뿌렸고 내 어깨에 자신의 홀(笏)을 잠시 대더니 눈을 감고 영혼을 부르는 듯 주문을 외웠다. 필요할 때만 신을 찾는 불온함을 용서하라. 당신의 도움을 구하기보다는 앞으로 이루어질 모든 상황을 조건 없이 받아들일 수 있게 해달라. 필멸의 인간이다. 그러나 겁 없이 신의 영역으로 들어가려 한다. 눈감아 주시라. 그리고 제행무상의 법을 가슴에 심어 주시라. 한 바퀴 돌리면 겁의 죄가 씻긴다는 마니차를 그렇게 돌려 댔다.

■ 잠들기 전

내일 카라반을 위한 수송 짐을 다시 한번 확인했다. 이번 원정에서 내 임무는 회계와 수송, 행정이다. 카라반 기간에 사용할 식량, 장비와 베이스캠프로 바로 올려야 할 짐을 분류했다. 수송비 정산을 위해 분류된 짐의 중량을 다시 체크했다. 1차 수송 짐은 1,160킬로그램으로 이미 상보체(남체 뒤쪽 언덕)에 올려져 있고 내일 수송할 짐은 587킬로그램이다. 나를 제외하고는 컨디션이 좋아 보인다. 해낼 수 있을까? 잡념이 끊이지 않는다. 보험을 들었다. 보험료가 다소 비싸지만 그나마 보험을 들어 주는 곳은 전 세계에서 단 한 군데밖에 없다. 보험을 들려고 해도 가입되는 보험사가 없기 때문에 보험료도 꽤 비싸다. 부상 또는 사망 시 헬기 지원 및 치료비가 보상된다. 또한, 사망위로금과 장애보조금 등이 지원된다. 엽서를 써야겠다는 생각이 불현듯 든다. 유언이라 생각하고 이제껏 못했던 말을 쓰는데, 내가 잘못한 일들만 생각난다. 속수무책이다.

TIP 현지에서 두 번 짐을 실어 보냈다. 1차 1,160킬로그램, 2차 587킬로그램. 수송 단가는 1킬로그램당 2.5달러다. 미리 보내야 높은 고도에서 행정력에 소모하는 시간을 줄일 수 있고 카라반과 베이스캠프 구축 일정을 맞출 수 있다.

히말라야 5일 차, 대화

■ 08:05 대기

카트만두에서 루클라(카라반 시작 지점)까지는 경비행기로 간다. 지금은 40분이 채 걸리지 않지만 예전, 그러니까 경비행기 루트가 생기기 전에는 카트만두에서 지리라는 곳까지 버스를 타고 갔단다. 지리에서 루클라까지는 다시 10일을 걸어야 닿을 수 있었다.

7시 30분에 이륙해야 할 루클라행 비행기는 아직도 뜨지 않는다. 오전 12시가 지나면 비행기가 뜰 수 있는 가능성은 지극히 낮다. 해발 2,800미터라는 루클라의 높은 고도로 인해 날씨가 순식간에 나빠지기 때문이다. 공항 대합실에서 무조건 기다린다. 나는 대장님과 이번 원정에 대해 꽤 긴 대화를 나누었다. 대장님도 오랫동안 흰 산을 동경했다 한다. 산은 자신에게 행복함을 일깨워 준 대상이고 지금, 평생의 기회가 주어져 한없이 행복하다 했다. 허허 웃는 모습이 산 같다. 벽래 형은 여기저기 옮겨 다니며 책 읽기에 열중하신다. 남구는 셰르파들과 얘기한다고 정신없다. 우리는 마냥 기다린다.

■ 14:00 철수

결국 다시 호텔로 돌아와야 했다. 루클라 현지에 우박이 10센티미터 쌓였다고 한다.

■ 06:15 기상, 09:40 이륙

어제 저녁 옥류관 랭면을 잘못 먹은 탓인지 컨디션이 매우 나쁘다. 원정대는 틈만 나면 옥류관에 갔다. 그 맛이 기가 막힐 뿐더러 현지 음식 중에 그나마 입맛에 맞았다. 어제도 루클라행 비행기를 타지 못한 허탈한 마음을 옥류관 랭면으로 달랬다. 카트만두가 마지막이라는 생각도 한몫해서인지 무리하게 먹었던 모양이다. 설사가 계속되고, 설상가상으로 어제 춥게 잤던지 목이 붓고 감기 증세까지 나타난다.

오늘 루클라행 비행기는 약속한 대로 이륙했다. 19인용 소형 비행기는 「반지의 제왕」에 나옴 직한 협곡을 가로지르며 고도를 높였다 낮췄다 상당히 불안한 비행을 이어 갔다. 죽을지도 모른다는 생각이 드는 순간 비행기는 착륙했고, 같이 탔던 모든 사람이 박수를 치며 잔다랬던 죽음의 문턱을 넘어섰음을 자축했다.

■ 10:05 루클라 도착

처음 접하는 히말라야 풍경에 입을 한참이나 다물지 못했다. 빛나는 햇살에 얼굴을 찡그리고 바라본 히말라야는 그렇게 아름다웠다. 여기서 살고 싶다는 생각을 했다. 발붙인 세상에 낙원이 있다면 여기일까 싶다. 꿈에 보던 네팔이 이 모습이었던 것 같다. 네팔을 내 팔에 안고 싶다. 이 멋지게 숨막히는 풍광 앞에서 내 존재라도 물어야 할 것 같다. 히말라야 로지에서 점심을 먹었고 벽에 걸린 수많은 깃발에서 한국인이 다녀간 흔적을 보았다.

■ 12:40 팍딩으로 출발

벌레가 몇 마리 들어앉은 듯 윙윙거리는 귀를 붙잡고 카라반을 시작한다. 팍딩은 루클라 아래 있는 마을이다. 조금 내려 앉은 고도로 고소 증세는 아직 오지 않았지만 비행기로 고도를 워낙 급격하게 올려 놓아서인지 머릿속은 멍하다. 팍딩에 이르기 전, 문명과 자연의 세계를 가르는 경계 문이 나온다. 솟을대문만 한 크기의 작은 개선문인데, 문 위에는 한 여인의 흉상이 얹혀 있다. 그녀는 세 아이의 엄마였지만 에베레스트 등정을 그렇게도 바랐단다. 네 번의 시도 끝에 1993년, 그토록 바라던 에베레스트 정상에 올랐지만 하산길에서 그만 사망하고 만다. 그녀의 이름은 파상라무. 이 문과 그녀의 얘기가 흙바람과 함께 나를 감싼다. 꿈이 지배하는 세계, 세상의 시선 너머의 세상, 기계가 닿지 못하는 길. 문을 지나면 천국을 건너는 단테처럼 나도 파상라무를 만나 두런두런 얘기 나눌지 모를 일이다.

■ 15:50 팍딩 스타로지호텔(Star Lodge Hotel) 도착(2,610미터)

이제부터는 모든 게 '처음'이다. 로지라는 곳을 처음 보았다. 우리로 치면 산장쯤 될 텐데 나는 로지의 분위기가 딱 마음에 든다. 숙소는 양호했으며 로지 앞으로 지나는 계곡과 뒤편을 감싸는 콩데봉이 인상적이었다. 검고 큰 벽이 계곡 위로 쏟아질 듯 우람하게 서 있고 높은 산이 팍딩 협곡을 만든 다음, 사람아 살아라 하며 만들어 놓은 마을이다. 저녁을 준비하는 듯 지붕 위로 난 기둥에서 흰 연기가 슬그머니 올라왔다. 저녁을 먹고 카자흐스탄 로체등반팀과 아르헨티나 에베레스트등반팀을 만나 얘기를 나눴다. 티베트식의 빙 둘러앉는 로지 식당에서는 너, 나 누가 먼저랄 것 없이 친구가 된다. 추운 날씨지만 로지는 새로운 사람들과 주고받는 새로운 대화로 분위기가 한층 달아오른다.

헬기와 소형 비행기로 수송된 짐은 다시 베이스캠프까지 야크와 포터로 수송해야 한다. 이때 예전처럼 포터 운임을 함부로 정하거나 흥정할 수 없다. 네팔 북부 그러니까 히말라야 인근 지역은 마오이스트들의 주무대다. 포터 또는 야크를 가진 사람들은 노동조합을 결성했고 마오이스트들의 비호를 받는다. 다소 높은 임금이지만 그들의 노동을 말없이 지지한다.

귀가 멍하고 기침이 끊임없다. 감기 기운까지 있어 컨디션은 좋지 않다. 저녁을 먹고 침대에 털썩 누웠는데 아까 팍딩으로 오는 길에, 흙바람 날리는 돌무더기에서 놀던 한 아이의 모습이 떠오른다. 그 아이 얼굴에서 아들놈 얼굴을 보았다. 마음이 무겁다. 잠들기 전 대장님은 지사제(포타겔)를, 나는 기침완화제(프리비투스)를 한 포씩 복용했다. 몸이 알 수 없을 만큼 느려진다.

TIP 야크 운송: 900루피/60kg/일(1USD=73루피, 한국 돈으로 약 1만 5,000원)

포터 운송: 800루피/60kg/일(한국 돈으로 약 1만 3,000원)

히말라야 7일 차, 고소증

■ 05:45 기상, 10:10 몬주, 10:45 조르살레

추워서 눈이 절로 떠진다. 대원들 모두 컨디션은 양호하다. 오늘은 지구에서 가장 높은 시장이 있는 남체로 출발한다. 세포 하나하나를 깨우는 히말라야의 아침을 맞으며 걸었다. 아픈 몸이 모두 나았다. 상쾌했다. 아직 고소 증세가 나타날 고도는 아니기도 하다. 출렁거리는 다리에서 온누리로 휘날리는 룽다를 보며 모든 사람의 안녕을 기원한다. 점심을 먹었고, 기압이 높아 부푼 봉지 커피를 보며 내 몸도 이럴 것이다 생각했다. 모두 점심으로 볶음밥을 먹었고 큰 피자 하나를 시켜 나눠 먹었다. 그러나 한국에서 환장하던 피자를 누구도 잘 먹지 못한다. 남구는 혼자 남아 피자를 마저 먹고 출발했다. 현재 기압 720hPs. 서서히 고소 증세가 고개를 든다. 공사장 발판을 이어 붙인 듯 불안하게 출렁거리는 다리와 휘날리는 룽다의 리듬감이 악보의 음표 사이를 걷는 듯하다. 대장님, 벽래 형, 남구 모두 나를 앞서 저 멀리 걷고 있다. 지나치리만치 느리게 스텝을 자근자근 썹듯이 걸었다. 입맛이 떨어지기 시작한다.

> 히말라야에서 걸을 때는 멈추지 말아야 한다. 잔걸음을 걷더라도 멈추지 않고 걷
> 는 게 중요하다. 사실 넓은 보폭으로 크게 걸을 수도 없지만 야장야장 걸으며 쉬
> 지 않고 가는 게 결국 제일 빨리 걷는 방법이다. 한 번 쉬어 버리거나 멈추게 되
> 면 하염없다.

■ 14:10 남체

오늘은 세계 각국에서 온 트레커들과 대화하며 즐겁게 걸었다. 독일에
서 트레킹 온 50대로 보이는 아주머니와 얘기를 나눴는데 여기까지 온 자
신에 대한 자부심이 대단했다. 고도 3,400미터, 셰르파들의 고향 남체에
도착했다. 오늘 표고 차로 무려 800미터를 올랐다. 대장님과 나는 다소 어
지러움을 느꼈다. 분당 맥박수가 가장 많은 사람은 역시 나였다. 스노랜
드 로지(Snow-Land Lodge)에서 이틀을 묵을 예정이다. 이곳 로지에서는
정면으로 탐세루크(황금의 문이라는 의미, 6,618미터)가 정확히 보인다.
뜨거운 물도 펑펑 쏟아진다. 로지에 이미 와 있던 오스트리아 트레킹팀을
만났다. 그들은 고소에서는 금기시되는 술을 가지고 있었다. 그들이 권하
는 위스키를 우리가 마다할 리 있는가. 남체는 세계 각국의 트레커, 등반
팀이 모이는 조그만 축제의 장이다. 분주함 속에 정연함이 있으며 높은
히말라야 준봉들이 둘러쳐진 신비로운 곳이다. 아내와 아들이 보고 싶다.

■ 21:05 취침

바람이 파도와 같다면 대양의 파도가 해안에서 부서지며 생명을 다하
듯 바람이 불어 부서지는 곳이 이곳 남체다. 바람조차 힘을 다해 부서지

는 곳, 이곳에서 고소 증세가 시작됐다. 머리가 아파 잠을 이루지 못했다. 속도 좋지 않았고 열감기를 앓는 것처럼 온몸이 불편하다. 친구가 준 소화제 30알을 매 식후 복용했다.

TIP 남체는 인터넷 사용이 가능한 마지막 마을이다. 시간당 사용료가 우리 돈 1만 원 정도다.

히말라야 8일 차, 무기력, 고도와의 싸움

■ 06:16 기상

머리가 깨질 듯이 아프다. 어지럽고 속도 좋지 않다. 고소 증세인지 어제 마신 위스키 때문인지. 벽래 형이 만병통치약이라며 혈관확장제를 건넨다. 밑도 끝도 없이 바로 삼켰다. 친구가 준 한방차를 입에 달고 다녔다. 산소포화도와 분당 맥박수 등의 수치가 대원들 중 제일 나쁘게 나온다. 어지러운 중에 사가르마타 국립공원 환경위원회(SPCC)에 들러 입산 신고 등 각종 행정 업무를 마친다. 고소 증세 완화를 위해 고도를 낮춰야 하지만 200미터 더 올리기로 한다. 상보체로 오른다. 상보체는 남체 뒷산이다.

TIP 네팔 관광청 브리핑은 히말라야 등반 대상지 중 네팔 루트로 오르는 모든 원정대에게 필수다. 복잡하진 않다. 캠프 위치(고도)와 산소 사용량 등을 알리고 쓰레기 예치금을 미리 납부한다. 원정이 끝나고 신고했던 산소통 개수와 쓰레기 사용량과 실제 회수량을 비교해 납부한 비용을 돌려받을 수 있다.

■ 14:30 상보체 도착(3,700미터)

고소 적응을 위해 한 시간 30여 분 체류했다. 이곳 상보체에서는 멀리 에베레스트의 실루엣을 어렴풋이 조망할 수 있고 탐세루크(6,618미터)와 캉테가(6,783미터)의 예쁘게 이어진 능선을 볼 수 있다. 아래로 남체 전체가 보인다. 맞바람이 불어 팔을 펴면 금방이라도 날아오를 듯하다. 내려오는 길, 절벽 위에서 어지러이 펄럭이는 룽다 아래 그 깃발들이 품고 내주지 않을 기세로 은밀하고 봉긋하게 솟은 돌탑 하나를 보았다. 그 탑 옆에 서서 아래 남체를 보니 히말라야 전체를 지배하듯 웅장한 풍광이 펼쳐진다. 옛 조장(鳥葬) 터라 들었다. 막무가내 엎드려 기도했다. 살려 주시라.

■ 24:05 취침

수면 중에는 호흡이 잦아든다. 호흡을 맘껏 못하면 고소 증세에 시달린다. 수면 중에는 심호흡을 할 수 없다. 최대한 수면 시간을 줄이기로 한다. 피곤하지만 어쩔 수 없다.

히말라야 9일 차, 옴마니밧메훔

■ 06:00 기상, 07:30 디보체로 출발

어찌된 일인가. 어제 기도발이 먹혔나. 부여잡고 고함칠 만큼 아픈 머리가 거짓말처럼 개운하다. 높이를 거부하는 인간들에겐 어떤 의지도 무장 해제시키지만 조금이라도 순응하거나 적응하는 인간들에게는 제 속살을 보여 주는 게 이 높은 산의 계획이었다. 오늘, 모든 대원의 상태는 양호하다.

우측 멀리로 세계 3대 미봉 중 하나인 아마다블람을 보며 걷는 아름다운 길이 펼쳐진다. 촬영하는 남구는 연신 카메라를 들이댄다. 좁고 경사진 길에 사람과 야크가 함께 오고 가니 다소 위험할 수 있다.

■ 12:15 풍기텡가 도착(3,250미터)

계곡 아래 작은 마을 풍기텡가에 도착했다. 점심을 먹었는데 여기 음식이 의외로 맛있다. 오늘은 유난히 야크 무리들을 많이 보았다. 야크 발굽을 보고 있자니 모든 생명들이 위대해 보였다. 척박함의 바닥이여, 그대를 위해 기도하노라.

저 멀리 텡보체임을 알리는 초르텐(흰색의 둥글고 큰 탑. 고승의 무덤으로 우리나라 사리탑과 같다. 풍광이 아름다운 곳에는 항상 이 초르텐이 그 풍경보다 웅장하게 서 있다)이 보인다. 고도 4,000미터에 위치한, 아마도 지구상 가장 높은 곳에 있는 대규모 사원일 게다. 벽래 형과 사원 안으로 들어가 성심을 다해 절을 올린다. 108배를 하고 싶었지만 숨이 차서 할 수 없었다. 스님들의 포스와 범접할 수 없는 아우라가 강했다. 징겸(승려가 된 내 손위 친구다. 사지로 가는 것 또한 네 운명이라며 거부 말고 받아들이라고 스님같이 말했다. 머리가 아플 때 '직방'이라며 뽕잎차와 은은한 향을 건네줬는데, 실제 효과가 있었다)을 생각했다. 잘 있을까? 텡보체 사원에 약간의 돈을 시주했다. 옴 하는 스님들의 함성이 내 몸을 터뜨릴 듯 덮쳐 왔다. 히말라야 고소 적막의 한복판에서 법열에 잠겨 먹지도 마시지도 않고

천년을 머물렀다는 저 고대 인도 바라몬 승처럼 그들은 침묵으로 존재를
외치고 있었다. 옴마니밧메훔.

■ 17:30 디보체 도착(3,710미터)

여전히 머리는 어지럽다. 모두들 컨디션이 좋아 보였고 홀라를 하며 시
간을 보냈다. 미국에서 온 중학생들이 많이 모여 있다. 질풍노도의 인간
들이다. 웃고 떠드는데, 그들은 어지럽지 않은 모양이다. 등반을 해야 하
는 나는 의기소침해진다.

저녁에 로지에 도착해 보니, 아까 본 미국 아이들이 이미 와 시끄럽게
떠들고 있었다. 시끄럽다는 생각 이전에 그네들은 고소 증세를 완벽하게
극복한 것 같아 보여 부러웠다. 정규교육 커리큘럼의 하나로 이곳에 왔
다고 했다. 국가 대중의 힘이 어디서부터 비롯되는지 똑똑히 보고 느꼈
다. 『니코마코스 윤리학』에서 아리스토텔레스는 말한다. "어렸을 때부
터 쭉 마땅히 기뻐해야 할 것에 기뻐하고 마땅히 괴로워해야 할 것에 고
통을 느끼도록 길러져야 한다. 그리 기르기 위한 방식이 교육이다." 아
리스토텔레스, 도대체 이 인간은 어찌하여 2,000년을 넘게 살아 바로 여
기에 있는가.

히말라야 10일 차, 페리체

■ 06:00 기상, 08:10 페리체로 출발

아침에 일어나면 몹시 춥다. 눈이 많이 부은 것 같아 급하게 거울을 보
니 오히려 퀭하다.

디보체는 아름다운 곳이다. 히말라야 어느 곳인들 아름답지 않겠냐마는 텡보체의 신성함을 품고 살포시 내려 앉아 절대자에 기댄 곳이라 더욱 그렇다. 아래서 시작된 봄의 기운이 가까스로 이곳까지 뻗쳐 풀과 나무들을 살찌게 한다. 우리는 오늘 그보다 더 아름다운 페리체로 출발한다. 좋은 풍광들을 보고 있지만 두려움과 어지러움으로 마음은 혼란스럽다.

■ 11:30 소마레 도착(4,010미터), 14:50 페리체 도착(4,270미터)

고도 4,200미터. 바람은 본격적으로 불어 댔고, 높은 고도에 또다시 어지럼증이 난다. 이제부터는 나무가 없다. 온통 낮게 엎드린 풀과 이끼류뿐이다. 그러나 페리체 가는 길은 트레킹 구간 중 가장 매력적이다. 아마다블람을 오른쪽에 끼고 돌며 정면으로 촐라체를 보며 걷는다. 남체에서 이틀을 체류하며 다소 나아지던 고소 증세는 다시 얼굴을 든다.

고산병이 있으면 저소병도 있다. 고소 증세가 호흡할 수 없는 고통이라면 저소 증세는 실없는 사람처럼 마냥 웃어대는 즐거움이다. 뇌에 부족했던 산소가 쏟아져 들어가 벌어지는 일이다. 우리는 4,000미터 페리체에서 마리화나를 두어 대 핀 사람처럼 그리도 웃어 댔는데 훗날 알고 보니 이게 저소 증세였다.

히말라야 11일 차, 등반대장 벽래 형

■ 08:00 기상, 09:30 5,020미터 봉우리로 출발

페리체에서 하루 더 체류하며 고소 적응을 할 예정이다. 이때 묵은 쿰부 로지(Khumbu Lodge)는 우리 원정대에게 각별하다. 친절한 주인 아지매와 따뜻한 사람들이 있고 등정을 위해 휴식차 다시 내려와 묵었을 때 대원들에게 완벽한 체력 보충을 해주었다.

고소 적응을 위해 5,020미터 페리체 뒷산 봉우리에 오르기로 한다. 정면으로 아마다블람이 보이고 뒤편으로 로부체, 촐라체가 병풍같이 펼쳐진다. 책에서만 봐오던 봉우리를 두 눈으로 목도하며 걷는다. 걷는 발걸음이 무거웠고 처음으로 호흡이 곤란해지는 지경을 경험했다. 달에 착륙한 우주인같이 부자연스러운 느낌이다. 괴로워 어쩔 줄 몰랐다.

■ 17:00 하산

벽래 형에게 좋지 않은 일이 생긴 것 같다. 하산 후 원정대 분위기가 심상찮다. 대장님으로부터 벽래 형이 처한 상황을 들었다. 가슴이 얼마나 아프실까.

TIP 쿡(요리사), 세르파에게 포터, 로지, 식사 비용 등을 포함하여 6,000루피(약 10만 원)를 선

지급했다.

TIP 페리체 쿰부 로지 이틀간 숙박비가 1,200루피(약 2만 원)였다.

히말라야 12일 차, 킬리만자로의 표범 그리고 레썸 삐리리

■ 06:00 기상, 11:30 투클라 도착(4,620미터)

아침에 일어났는데 이가 위아래로 부딪혔다. 여기 히말라야는 아침에
기상할 즈음이 가장 춥다. 천천히 아주 천천히 로부체로 출발한다.

로부체는 꽤 길고 가파른 고개를 넘어야 나오는데 이 고개를 오르기
직전에 투클라 로지가 있다. 사나운 고개 전에 숨을 고르라는 뜻일 테다.
투클라에서 점심을 먹었다. 많은 트레커들과 원정대들이 모여 있었고 저
마다 여유로운 식사를 했다. 투클라를 거쳐 로부체로 가는 길은 본격적
인 오르막길이다. 중간중간 호흡을 가다듬으며 천천히 올라야 한다. 다
올라 평지가 나오면 스산한 가운데 이곳 에베레스트에서 유명을 달리한
산악인들의 동판과 그 동판을 감싼 케른(돌무더기)이 페르시아의 탑처럼
펼쳐진다. 예를 갖춰야 할 곳이다. 2005년 푸모리(7,165미터)에 잠든 부
산의 두 악우 추모비에서 잠시 그들을 추억했다. 18억 년간 우주를 가로
질러 이제야 들을 수 있게 된 빅뱅의 메아리처럼 살고 죽는 것이 의미 없
어지는 곳이다. 내 이름 석 자가 저곳에 없으리란 법도 없다. 고요함 속에
고양이 앞발 내딛듯 로부체로 향한다.

■ 16:30 로부체 도착(4,950미터)

로부체는 먼저 도착한 트레커들과 원정대로 북적하다. 모든 로지가 붐비는 가운데 어렵사리 잘 곳을 정하고 휴식을 취한다. 푸모리 북사면 끄트머리가 보였다. 푸모리는 주구장창 에베레스트 꼭대기와 마주하고 있겠지. 그들이 나누는 언어는 뭘까.

쿡 겔겐

로부체 로지 골방에 모두 모여「킬리만자로의 표범」을 듣는데, 눈시울이 붉어진다. 어두워서 서로를 보진 못한다. 훗날 알고 보니 이때 모두 눈물을 보였다 한다. 누구나 올 수 있는 이곳, 와보니 아무것도 아닌 이곳에 오기 위해 원정대원들 모두 자신이 겪었을 서러움을 하나씩 생각하며 눈물을 보였

「레썸 삐리리」의 일부분

레썸 삐리리 레썸 삐리리 (만장이 펄럭인다)
우레라 종기 달라마 반장 (강하게 휘날린다 언덕과 계곡에)
레썸 삐리리
엑날레 반둑 두에날레 반둑 (총 한 자루 총 두 자루)
미르고알라이 다케코 (산의 짐승을 겨눈다)
미르고알라이 마일레 다케코 호이나 (짐승과 나 서로 대립하는 것이 아니라)
마이 알라이 다케코 (서로 포용하며 사랑하는 것이다)
레썸 삐리리

을 것 아닌가.

쿡 겔젠과 야크 똥(연료)이 다할 때까지 페치카 앞에서 얘기를 나눴다. 언젠가 한국에 가 그곳에서 일하고 싶다 했다. 즉답을 피했지만 그의 소원을 들어줄 생각이다. 그랬다. 우리에게 여기는 꿈의 장(場)이지만 그들에겐 삶의 현장이다. 그들이 혹 느낄 수도 있을 밥벌이의 아픔을 우리는 사려 깊게 헤아려야 한다. 우리의 꿈은 그들 삶의 현장에서 우위에 설 수 없다. 익숙하지 않은 언어로 서로의 입에 자신의 귀를 기울이며 얘기를 이어 나가는 사이 시끌벅적한 로부체 로지에서 네팔 전통 민요「레썸 삐리리(Resham Firiri)」가 흘러 나왔다.

산을 접한 이후 등산은 내게 즐거움과 기쁨, 희망, 편안함을 주었지만 좌절과 두려움, 희미함과 안타까움도 주었다. 더 높은 곳을 향하고 더 험한 곳을 향하는 등반가는 산과 함께 생로병사하고, 오욕칠정을 같이한다. 사유와 관념으로 파생된 철학적 사상들이 글에서, 입에서 인간과 우주를 능멸하며 널뛰기를 할 때, 등반가는 죽음과 맞서는 두려움을 '몸'으로 느끼며 온갖 철학적 사유를 체화한다. 우주적 관념들이 그들의 몸, 얼기설기한 실낱 같은 근섬유에 살아 꿈틀댐을 느낀다. 초모룽마를 오르는 등반가여, 신은 당신의 친견을 허락할 것이다. 해발 5,140미터의 고락셉. 죽으란 법은 없는지 베이스캠프 입성을 목전에 두고 있다. 이제 희망이 슬며시 고개를 드는가. 그러나 여전히 몸은 말을 듣지 않는다. 수면 중 호흡이 가늘어져 고소 증세가 심화될 수 있으니 되도록 늦게 잠을 청한다.

■ 06:30 기상, 08:30 고락셉으로 출발, 13:30 고락셉 도착(5,140미터)

머리가 어지럽다. 언제쯤이면 머리가 맑아질까. 세수라도 시원하게 하면 나아질까. 그러고 보니 여긴 물이 귀해 세수를 안 한 지 꽤 됐다.

고락셉은 카라반 마지막 마을이다. 고락셉을 넘어서면 에베레스트 베이스캠프에 이른다.

고락셉 로지에 도착하여 피자를 먹었는데, 맛이 난다. 모두 컨디션이 양호해 보인다. 이제 내일이면 대망의 에베레스트 베이스캠프에 입성한다. 설렘도 잠시, 호흡이 어려운 이 난국에 앞으로 얼마나 많은 어려움이 기다리고 있을까, 하는 걱정 어린 설렘을 느낄 마음의 빈틈은 없다. 여기 고락셉을 지나면 길은 곧바로 베이스캠프로 향한다. 운명적인 첫 만남을 앞두고 두통이 다시 찾아온다. 고소 증세는 미약하나 익히 들었던 최악의 상황이 연출될까 혼자 노심초사다. 지출한 돈을 본격적인 등반 전에 정산해야 하는데 걱정이 앞선다. 그러나 고락셉의 식사는 뛰어나다. 연인이 함께 왔는지 다정해 보이는 남녀가 재잘거리며 밥을 먹는다. 사랑은 고소 증세도 휙 날려 버리는 모양이다. 아들놈 나이 또래의 아이가 있어 남은 간식을 모두 주었다. 속이 좋지 않아 먹지도 못할 간식. 죽으면 썩을 몸.

히말라야 14일 차, 보이지 않는 여신

■ 06:20 기상, 11:30 베이스캠프 도착(5,400미터)

원정대에게 오늘 아침의 의미는 남다르다. 드디어 베이스캠프로 출발

한다. 다소 어지러운 마음과 머리를 붙들고 출발했다.

남구는 나머지 대원보다 한 시간여 먼저 베이스캠프에 도착해 구축 작업을 시작했다. 식량, 장비를 정리하고 텐트 사이트를 확보한 후 대원텐트, 식당텐트, 셰르파텐트를 차례로 구축했다. 남구는 이날은 물론 이후에도 궂은일을 도맡아 원정대에 큰 힘이 됐다. 베이스캠프에 입성한 낯선 이방인을 맞는 에베레스트의 인사는 살갑지 않았다. 베이스캠프로 입성하던 날 처음으로 우리를 반긴 것은 숨막히는 호흡이었으며 쏟아지는 눈사태와 엄청난 굉음이었다. 베이스캠프는 생명을 아우를 수 있는 땅이 더 이상 아니었다. 그때부터 나는 알게 모르게 모든 행동과 자연의 변화를 죽음과 연결했으며 내게 에베레스트는 꿈의 무대가 아니라 두려움의 대상이 됐다. 어지러운 중에도 정산해야 할 비용을 끄적인다. 야크, 포터 들의 운송비 미정산분, 대원 카라반 비용(로지, 식사 등), 스태프 카라반 비용, 상보체에서 베이스캠프로의 운송비 등. 머리는 돌고 몸은 춥다.

히말라야 15일 차, 히말라야의 쏟아지는 별

■ 07:00 기상

베이스캠프에 입성한 지 이틀째 되는 날이다. 제대로 호흡하기가 힘들다. 추운 날씨와 낮은 기압으로 대원들 모두가 힘들어한다. 트림을 한 번할 때마다 호흡의 밸런스가 깨져 100미터 달리기를 한 듯 숨이 차온다. 음식 넘기는 일은 여전히 힘들어서 목구멍을 지나는 밥톨이 몇 개인지 셀 수 있을 정도다. 한 숟갈 뜨고 하늘 몇 번 쳐다보고 다시 한 술 뜨기를 식사가 마칠 때까지 계속한다. 다들 멍게, 해삼 얘기로 시간 가는 줄 모른다. 대장님, 벽래 형, 남구 다들 무슨 생각을 하고 있을까. 오후에 밀린 빨래(그래 봤자 팬티와 양말이 전부다)를 하고 남구를 따라 빙하에 적신 수건으로 온몸을 닦았다. 기분은 한결 나아진다. 에베레스트 베이스캠프에는 이미 먼저 와 자리 잡은 각국 원정대가 운집해 있다. 식당 텐트 옆 까마귀를 보며 생각했다. 오를 수 있을까.

히말라야 16일 차, 알 수 없는 피곤

■ 07:00 기상

5,400미터 고도의 베이스캠프에서 처음으로 배낭을 메고 움직였다. 라마제를 지내기 전이라 많이 걷지는 못하고 아이스폴 지대의 초입까지 정찰하듯 다녀왔는데, 본격적으로 움직인 것이 처음이라 그런지 매우 피곤하다. 잠이 무지하게 온다. 한 시간여 정도 잠시 다녀왔을 뿐인데 신기할 정도로 지친다. 이제껏 경험해 보지 못한 피곤이다. 원활한 호흡이 힘든 지역에서의 운동 효과가 사람을 이렇게 망치는구나 생각했다. 그 생각이 무색하게 베이스캠프에서 빙벽 등반을 하는 놈들이 있었다. 부럽지도 않고 하고 싶지도 않아 멍하니 바라보았는데, 한참 보다 보니 그래도 내가 저놈들보다는 잘할 수 있을 것 같다는 어처구니없는 자만심이 차올랐다. 웃음이 난다.

히말라야 17일 차, 신의 제사, 라마제

라마제를 지내는 날이다. 10시에 제(祭)를 지내기로 했는데 아침 일찍

부터 셰르파들은 분주하다. 미리 쌓아 놓은 제단 앞에 각종 음식과 비스킷, 맥주를 올리고 향나무 연기를 피워 제사 분위기를 한층 고조시킨다. 신과 같이 둘러쳐진 흰 산들 속에서 신을 부른다. 오르기 전 두려움을 자다란 의식으로 날려 버릴 순 없겠으나 마음속 경외를 멈추지 않는다. 내일 원정대는 역사적인 첫 등반을 시작한다. 설렘보다는 두려움이 앞선다. 잘할 수 있을까, 생각이 끊이지 않는다. 라마제가 끝나고 산소마스크, 식량, 장비 등을 최종 점검했다.

2. 신이 있다면 살려 주기를(등반)

히말라야 18일 차, 패배

■ 03:00 기상

첫 출정이다. 겔젠이 정성스레 만들어 준 죽을 먹는 둥 마는 둥 했다. 잘 들어가지 않음에도 억지로 먹었다. 먹은 만큼 갈 수 있기 때문이다. 모두 아무런 말이 없다. 나처럼 두려운 것일까. 부딪히면 답이 있을 거다.

■ 04:20 캠프1으로 출발

드디어 출발이다. 이제부터는 내 생애 최고의 고도를 갱신하며 오르게 될 것이다. 라마제단에 세 번 절을 올리고 아이스폴 지대를 향해 걸음을 내딛는다. 곧이어 숨이 멎을 듯한 호흡에 한 발을 떼기가 힘들다. 들숨과 날숨이 어지럽게 이어지며 고개를 들 수도 숙일 수도 없는 지경이 계속된다. 출발 후 9시 30분경 캠프1의 3분의 1 되는 지점에 도착하여 원정대는 하산을 시작했다. 베이스캠프까지 하산하는 데 네 시간이 소요됐다. 다들 힘들어했다. 그래도 남구는 나를 끝까지 잡아끌고 하산했다. 대장님이 같이 무기력해 주셔서 다행이었다. 하산을 마치고 쓰러지듯 텐트로 들어가 꼼짝 않고 밤을 보냈다. 다음 날 일어날 때까지 깨우지 말라고 남구에게 부탁했다.

히말라야 20~21일 차, 재생

■ 06:00 기상

컨디션이 어제와는 다르다. 다시는 일어날 수 없을 줄 알았는데 의외로 상쾌하다. 이럴 수가. 그래도 몸 상태가 좋은 게 아니라서 자숙하며 시간을 보낸다. 어제 텐트에서 꼼짝하지 않던 나를 형들은 아무 말 않고 지켜봐 주셨는데 그렇게 고마울 수가 없었다. 밥을 갖다준 남구한테도 미안할 따름이다. 원정대에 폐를 끼치는 것 같다. 이래서야 오르겠는가? 고소 증세를 진하게 앓고 나서야 촐라체와 푸모리가 뚜렷하다. 자신의 관점, 시각이 옳다고 믿는 사태는 얼마나 유아적인가. 혼자 지옥과 천국을 왔다 갔다 하며 생각하고 믿었던 모든 것이 어제도 오늘도 변함없이 우뚝 솟아 있는 촐라체 앞에서는 아무것도 아닌 것이 된다.

■ 02:45 캠프1으로 출발

다시 캠프1을 향해 오른다. 이번에는 내리쬐는 직사광선을 피해 되도록이면 해가 없는 때 걷기 위해서 일찍 일어나 출발했다. 가는 중에 대장님이 보이지 않는다. 컨디션이 좋지 않아 베이스캠프로 다시 돌아가셨다고 한다. 부러웠다. 아이스폴 지대는 끝이 없었고 마지막 3단 사다리를 어렵사리 넘고도 아주 많이 가야 했다.

아이스폴이 시작되는 지점에 처음으로 무너진 벽, 허공에 솟은 직각의 설벽, 그 벽을 오르기 위해서는 수직의 사다리를 올라야 한다. 둘러 갈 곳도 없다. 평지에 발 디디며 걷기도 힘든 중에 수직의 사다리라니. 더구나 사다리라는 게 사다리 끝에 또 하나의 사다리를 썩은 로프로 이어 붙이

고, 또 그만큼 긴 사다리를 이어 붙인 것일 뿐이다. 미칠 노릇이다. 아무리 겁을 상실했다지만 이리 시험할 수 있는가. 오줌이 절로 나온다. 긴 사다리를 오르고 나서도 끝이 없는 길을 걸었다. 제자리를 무한히 걷고 있다는 생각이 들 정도로 멀리 보이는 캠프1과의 거리는 좁혀지지 않았다. 황망했다. 이미 태양은 중천에 떴고 햇볕은 본격적으로 내리쬐기 시작한다. 뜨거운 햇볕 아래서 끊임없이 마이클 잭슨의 문 워크로 삽질을 해대는 느낌이다. 어렵사리 캠프1에 도착하여 벽래 형, 남구, 셰르파 파상과 텐트 안에 드러누웠는데 호흡을 할 수가 없었다. 아, 여기를 왜 왔을까. 허옇게 얼어붙은 캠프1에서 타국의 눈밭 위에 얼어붙은 눈물을 핥으며 비명에 갈 가벼운 생을 원망했다.

히말라야 23일 차, 여신과의 첫 만남

■ 05:00 기상

너무 추워서 잠이 깼다. 에베레스트 캠프1은 바람골이다. 눕체와 로라 사이 협곡에 위치해서 바람이 심하게 분다. 새벽에 일어나 너무 추웠다. 상상하기 힘든 추위다. 그래도 오늘은 베이스캠프로 내려가기 때문에 발걸음이 가볍다. 캠프1의 고소 적응 과정은 성공적이었다. 나는 캠프1에서 끝없이 뻗은 로체페이스와 옐로밴드, 제트기류를 날숨으로, 구름을 들숨으로 쉬는 범접할 수 없는 커다란 생명체와도 같은 모습을 봤다. 그 경이로움에 바로 엎드리고 싶었다. 그야말로 압도적인 에베레스트와의 첫 만남이었다.

한국에서 에베레스트에 가장 먼저 오른 사람은 고 고상돈이다. 이곳에 오기 전, 나는 큰 서점에 들러 그의 모습을 마치 어제 일처럼 보았다. 흑백 사진 속에 활짝 웃으며 동료들과 함께 찍은 베이스캠프에서의 표정은 말을 건네면 곧 받아 줄 것만 같았다. 그의 일대기와 사진들을 한참 보고 있는데, 난데없이 눈물이 흘러 나조차 놀랐다. 나도 모르게 그의 모습에 내 처지를 겹친 모양이었다. 1977년 그는 한국에서 가장 먼저 세계 최고봉에 발을 들였다. 하지만 그는 지금 여기에 없다. 이듬해 북미 최고봉을 한국 최초로 오른 뒤 하산하는 중에 산에서 영면했다. 그가 산에 묻힌 해, 나는 태어났다. 그의 죽음과 나의 태어남을 연결 짓는 일은 물론 억지다. 그러나 억지로라도 나는 그와 엮이고 싶다.

1953년, 지난 30여 년간 이어진 세계 최고봉 등정 노력이 결실을 맺는다. 뉴질랜드 출생의 한 사내가 이루었다. 에드먼드 힐러리와 그의 셰르파인 텐징 노르가이 중 누가 먼저 정상을 밟았느냐에 대한 시비가 여전히 남아 있긴 하지만, 1953년 5월 29일 오전 11시경 텐징 노르가이가 정상 직전에서 힐러리를 한 시간여 기다린 끝에 정상 등정을 양보한 것으로 전해지면서 세계 최고봉에 오른 인류의 첫 등정자가 가려지게 됐다. 힐러리의 등정은 세계 최고봉이 세상에 알려진 지 100년 만의 일이다. 그러나 신이 세상의 가장 높은 곳을 인류에게 허락한 이후 고산 등정은 국가주의의 한 방편으로 진흙탕이 되어 버린다. 그 시기, 정치적 입장을 둘러싼 등정 러쉬는 어쩔 수 없는 인간이기에 저지르는 불충이기도 했다(희미해졌지만 아직도 국가주의 또는 정치적 입장이 깊게 개입된 등정 망령이 남아 있다).

그로부터 24년 뒤 한국에서 원정대가 꾸려진다. 당시 공화당 국회의원이 원정대장직을 맡는 등 국가주의 색채가 짙었다(김영도 원정대장은 대장으로서 훌륭했다. 정부에서 6,000만 원을 지원 받는 등 국가적 사업의 일환으로 추진됐기 때문에 정치적으로 자유로울 수는 없었던 것 같다). 당시 원정대는 총인원 18명, 총예산 1억 3000만 원으로 국가의 산악 자원을 모두 쏟아부은 대규모 원정 프로젝트의 일환이었다. 1977년 8월 9일 베이스캠프에 도착하여 순조로운 일정을 소화하던 한국 에베레스트 첫 원정대는 한 달 만인 9월 8일 8,510미터(정상 고도는 8,848미터다)까지 진출하는 기염을 토했다. 그때까지 원정의 모든 일들은 순조로웠다.

그러나 9월 10일 등정을 시도하던 박상열 등반부대장과 셰르파 앙 푸르바는 정상을 불과 100미터 남긴 지점에서 탈진 정도가 심하고 산소까지 바닥나는 바람에 돌아서야 했다. 게다가 하산 도중 산소 밸브를 조절할 수 없을 만큼 탈진 상태가 심해져 8,600미터에서 비박(야영을 의미하는 독일어로 등반 시 악천후 또는 조난 위험에 대비한 약식 취침을 말한다. 통상 침낭만을 덮고 자거나 설동을 파고 웅크린 채 상황을 모면하는 등반 방식이다)을 하기로 결정한다. 이튿날 구사일생으로 살아남아 되돌아갔는데, 재미있는 건 이 두 사람이 감행한 비박이 당시까지 등반 사상 가장 높은 곳에서의 무산소 비박으로 기록됐다는 사실이다.

원정대는 거의 모든 자원을 소진했고 일곱 통밖에 남지 않은 산소에 기대를 걸어 고상돈과 셰르파 팸바 노르부를 마지막으로 정상으로 떠나보낸다. 이들은 앞서갔던 조들이 길을 다져 놓은 덕분에 빨리 이동할 수 있었고, 결국 9월 15일 낮 12시 50분에 지구의 용마루에 올라서게 된다. 이로써 한국은 세계에서 여덟 번째 등정국이 되었고, 고상돈은 국내에서 첫 번째, 전 세계에서는 쉰여덟 번째 등정자가 됐다. 또한 이날은 포스트 몬순기, 즉 몬순기인 6~8월 이후 가장 빠른 날짜로, 이 기록은 이후 15년간 깨지지 않았다.

그들이 본 에베레스트는 과연 어떤 모습이었을까. 지금과 같은 모습이었을까. 그들이 처음 그 산을 마주 대했을 때의 느낌은 어땠을까. 나와 같았을까. 왜 그들은 거기에 가야만 했을까. 무엇이 그들을 그리로 가게 만들었을까. 나는 왜 여기에 와야만 했을까. 질문이 하염없다.

인류가 처음 그곳을 발견하고 수많은 사람이 그곳에 오르기를 열망하여 적지 않은 사람이 죽었고 일부의 사람들이 올랐다. 그곳은 인간에게 무엇이기에 우리는 죽기를 마다하지 않고 오르려는 것인가. 히말라야는 인간에게 무엇인가. 산은 인류에게 무엇인가. 알피니즘이란 대체 무엇이고 머머리즘(등로주의登路主義)은 또 무엇인가. 죽음과 마주 대하며 오르는 자의 질문은 여전히 살아 있다.

4월 16일, 원정을 나선 지 만 23일째 되는 날, 나는 처음으로 대지의 여신을 두 눈으로 보았다.

베이스캠프에 도착하여 대장님을 부둥켜안았다. 이제 원정대는 예전보다 한결 여유로워졌고 모두들 베이스캠프 생활을 즐기고 있었다. 양말을 빙하 물에 빨다가 지금 흘러내리는 이 빙하수가 수천만 년 전의 미생물을 머금고 있다는 생각에 태초와 나를 잇는 우주적 연기(緣起)가 존재할 거라 믿게 됐다. 그 연기는 이 시간 이후 나의 운명을 어떻게 바꾸어 갈 것인가. 나는 죽을까, 살까? 두고 온 일상의 모든 것이 주마등처럼 스쳐 간다. 아내와 아이를 태우고 고속도로를 달리던 일, 김해로 가는 나들목을 지나고, 세 살배기 아들을 재우고, 전화를 하고, 놀러 가던 날. 그때는 몰랐다. 그 소소한 일이 얼마나 중요한지를. 옛말에 죽음에 임박한 사람이 하는 말과 생각은 착하다고 했다. 그때 하는 말은 진실이라는 의미다. 우리의 삶을 떠받치는 근간은 이런 소소한 진실이다. 앞으로 무엇을 우선해야 하는지는 이제 명확해진다. 회사일을 더 열심히 하지 못해 임종할 때 후회하는 일은 없다. 오늘 아들이 입원했고 집사람이 울었다. 기침을 참았고 눈물을 참았다.

히말라야 24~25일 차, 신의 시간

이틀간 베이스캠프에서 휴식했다. 눈을 감고 있으면 바늘이 떨어지는 소리가 들릴 만큼 잔잔한 침묵이 이 땅을 지배했고, 눈을 뜨면 어김없이 눈사태를 보았다. 호랑이 등걸 같은 눕체의 능선과 찬란하게 솟은 촐라체, 웃고 있는 사람 모양의 봉우리 푸모리가 눈만 뜨면 보인다. 저들을 이 자리에 있게 한 시간을 가늠해 본다. 의젓하게 버티고 선 산들이 말 못하는 짐승처럼 서 있다. 저 산들이 살고 있는 시간은 신의 시간인가. 꿈쩍도 않고 서서 세계가 생기고 사라지는 것을 보니 신의 시간 같기도 하다. 아니라면 나와 같은 시공간에 있으니 인간의 시간일까. 저들도 때가 되면 언젠가는 무너질 테고 조금씩 흘러내리는 빙하가 움직이기도 하고 융기와 침식을 반복하니 말이다. 그도 아니면, 신도 인간도 아닌 자기들만의 또 다른 시간이 있을까. 저 산들도 언젠가는, 그 언젠가는 사라지고 말 날이 올 텐데, 나나 저 산이나 때가 되면 죽고, 죽게 되면 썩을 몸을 가진 같은 존재이지 않나. 그렇다면 존재라는 것은 잠재적 부재이고, 부재는 잠재적 존재이기도 할 테고, 결국 우리는 있기도 하고 없기도 한 것이고… 고소 증세와도 같이 머리가 어지러워진다.

■ **03:30 캠프1으로 출발, 09:30 캠프1 도착**

이틀간의 휴식을 취하고 캠프3까지의 긴 적응을 위해 베이스캠프를 출발했다. 속도가 점점 빨라진다. 여섯 시간 만에 캠프1에 도착했다. 원정대는 내일 캠프2로 진출할 예정이고, 날씨는 매우 좋다. 캠프1에서 두번째로 맞는 밤이다. 오늘 등반에는 대장님도 직접 나섰다. 히말라야 원정에서 대장이 직접 등반에 나서는 경우는 드물다. 등반을 시작하고 고소를 넘나들게 되면 고소 증세가 시작되는데, 전체를 이끄는 대장은 온전한 정신, 적절한 진퇴 결정력, 정확한 판단력 유지해야 하기 때문이다. 따라서 고소 증세로 인해 물리적, 정신적으로 혼미할 수 있는 상황을 최대한 피해야 한다. 하지만 아직 원정 기간이 많이 남아 있고 대원들의 상태가 좋기 때문에 대장님도 합류한 것이다. 대장님의 건투에 모두들 힘을 낸다. 캠프1에서 태양 최후의 광선이 로부체, 촐라체, 푸모리 침봉에서 막 그 빛을 거두어 가는 것을 보며 생각했다. 황홀한 일몰, 장대한 일출, 히말라야가 온몸으로 들려주는 이야기를 살면서 몇 번이나 접할까? 지금 들리는 눈사태, 산사태 소리는 또 얼마나 그리울 것인가. 아, 에베레스트여. 나의 오지여.

히말라야 27일차, 다시 찾아오는 고소 증세

처음으로 캠프2에 가는 날이다. 고도 때문인가, 또다시 걸음이 느려진다. 모든 에너지를 쏟아 캠프2에 도착하고 바로 쓰러졌다. 에베레스트를 오르는 대가는 역시 만만치 않다. 새로운 캠프에 다가갈 때마다 고소 무기력증은 잊지도 않고 지독하게 따라붙는다. 캠프2는 캠프1에서 조그마한 고개만 넘으면 저 멀리 보이기 시작하는데, 곧 도착할 듯하면서도 지루하게 이어진다. 이 짓을 또 하나 싫고 여기서 내가 뭐하나 싶다. 정면에 솟은 로체 좌측의 남서벽, 우측의 호랑이 가죽 같은 눕체를 보며 세계 최대의 쿰부 빙하 위를 걷는 황홀한 길이지만, 에베레스트 등반 중 제일 지루한 길이기도 하다.

캠프2는 전진캠프다. 6,200미터에 위치하며 에베레스트 남서벽 등반의 출발 지점이다. 난공불락 남서벽 등반을 하다 유명을 달리한 한국 산악인이 많다. 영면을 빌었으나 그들의 열정은 그곳에 아직 살아 있다.

히말라야 29일 차, 로체페이스

캠프2에서 캠프3로 가는 길은 아직 루트 작업이 완료되지 않았다. 로체페이스의 가파른 빙벽이 인간의 범접을 꺼리는 것인지, 4월 중순임에도 우리가 올라갈 수 있는 길은 캠프2에 머물러 있다. 로체페이스 직전 루트 작업이 완료된 구간까지 정찰하고 캠프2로 복귀했다. 춥고 배고프다. 의미는 없겠지만 우리가 만약 내일 캠프3까지 진출한다면 시즌 첫 번째가 될 것이다. 에베레스트를 오르기 위해 전 세계에서 모여든 원정대 중 우리 팀이 가장 빠른 진도를 보이고 있다. 그러나 좋은 것만은 아닌 듯하다. 7,200미터의 캠프3를 오르는 길은 60~70퍼센트가 빙벽이다. 예닐곱 시간을 쉬지 않고 빙벽에 매달려 올라야만 한다. 더 이상 인간이 자신을 향해 오르는 것을 불허하듯 경사의 날을 세운다. 산악인들은 이 가파른 빙

벽을 로체페이스(Lhotse Face)라고 부른다. 로체페이스를 뚫고 곧장 오르면 세계 4위봉 로체(8,516미터)에 오를 수 있기 때문이다. 우리는 로체페이스 직전까지 갔다가 돌아왔다. 나는 사납게 기울어져 울고 있는 이 벽 앞에서 완벽하게 겁먹고 있었다. 나는 이 벽을 결코 오르지 못할 거라는 확신이 섰는데, 이 벽을 오르는 것보다 나의 확신과 싸우는 일이 내게는 더 힘든 일이었다. 등반대장님은 내가 겁을 집어먹은 걸 모른 채 루트가 완벽하게 개척되지 않은 상태에서 등반을 감행하기로 결정한다. 그러나 이때 우리가 오르지 않았다면 고소 적응에 실패했을 가능성이 컸다. 우리는 아마추어였기 때문에 남들이 오르지 않을 때, 남들이 한 번 오를 때 두 번 올라야 그들과 어깨를 나란히 할 수 있었기 때문이다. 고소 지역에서 이런 것들을 머릿속에 계산해 놓고 작전을 펼치는 일은 쉽지 않다. 벽래 형의 등반 작전은 기가 막히다. 적절하며 치밀하다.

히말라야 30일 차, 눈물

■ 06:30 캠프3로 출발, 16:00 캠프3 도착

벽래 형을 붙들고 서럽게 울었다. 목놓아 울고 싶었다. 그렇게 서러울 수 없었고 이 고통을 누구에게도 얘기할 수 없었다. 주마를 걸고 기대면 가슴이 답답해 곧 호흡을 할 수가 없었고 서 있으면 발이 너무 아팠으며 오르자니 힘에 부치고 호흡이 힘들었다. 이러지도 저러지도 못했지만 억지로 캠프3에 올랐다.

히말라야 32일 차, 다시 베이스캠프

■ 07:00 베이스캠프로 하산 시작, 11:00 베이스캠프 도착

하산은 여전히 힘들었다. 아, 정말 힘들다. 육체가 정신을 지배한다는 말은 전적으로 맞다. 베이스캠프에서 대장님과 또 한 번 뜨거운 포옹을 나누었다. 베이스캠프가 너무 좋다. 쿡 겔젠과 키친보이 쿠상이 그간 빙하의 침하로 무너진 텐트를 아름답게 보수해 놓았다. 한국 등반대는 총 세 팀인데 힘든 일을 서로 위로하고 의지하며 좋은 관계를 유지하고 있다. 허영호 대장님의 제천팀, 윤왕룡 대장님의 서울팀, 그리고 우리. 서로들 식사 초대를 주고받고 하는데 음식 맛은 우리 팀이 제일 좋다.

히말라야 33일 차, 삶의 끈

어제 꿈에 미끈한 여인이 나왔다. 깨고 싶지 않은 꿈의 필름은 언제

나 잔인하게 썩둑 잘린다. 다시 눈을 감고 필름을 이어 보려 해도 도무지 이어지지 않는다. 말짱한 눈을 하고 잠을 청해 보지만 맑아 오는 정신이 매정하다. 뻘쭘함을 뒤로하고 일어난다. 텐트 문을 열고 나가 보니 코끝이 찡하도록 한기가 몰려온다. 문 앞에서 사람들이 웅성거린다. 시신 한 구가 빙하를 뚫고 떠올랐다. 주위 사람들은 최소 10년 전 아이스 폴 지대에서 추락사한 사람으로 추정했다. 오랜 시간 동안 빙하가 융기와 침식을 거듭하면서 이제야 지상으로 떠올랐다는 것이다. 동그란 눈을 하고 처음 보는 현상, 광경에 놀랄 뿐이다. 이 무슨 인연인가. 삶의 끈을 놓치고 싶지 않은 인간의 숭고함이 가슴에 박혔다. 어젯밤 내 꿈에 다녀간 그 여인일까.

그날 저녁, 마나슬루로 간 한국도로공사팀의 비보를 접했다. 카트만두 호텔에서 떠나던 날 아침 인사가 마지막이었다. 안타깝기 그지없다. 벽래 형은 밥도 제대로 드시지 못한다. 식사 후 셰르파들과 대원 모두가 모여 등정일(D-Day)을 정하고 향후 계획을 논의했다.

지나고 보니 한국에서는 난리도 아니었단다. 회사에서는 나의 소재 파악을 위해 밤새 비상연락망을 가동했고, 친인척은 물론 생사를 묻는 지인들의 전화가 빗발쳤다고 한다. 심려를 끼쳐 죄송할 따름이다.

히말라야 34일 차, 부산 싸나이

어제의 슬픔을 보상하려는지 베이스캠프에 특별한 손님이 찾아오며 분위기가 밝아졌다. 혼자 트레킹을 하다 한글로 된 우리 팀 깃발을 보고 우당탕 들어온 넉살 좋은 부산 청년. 이재석이라는 부산 '싸나이'였는데 기간제 교사를 마치고 시간을 내어 네팔과 인도를 여행 중이라고 했다. 우리와 비슷한 DNA를 가지고 있는 느낌이 들었다. 그는 그다음 날 또 우리 캠프를 찾아 주었다. 쩐한 부산 사투리에 어리숙하니, 예의 바른 행동이 인상 깊었다. 그런가 하면 "아직 자?" 하며 누군가 들이닥친다. 아침 일찍 허영호 대장님이 텐트를 방문하셨다. 다소 이른 시간이었는데 베이스캠프 전체를 산책하고 올라가는 중이라 하셨다. 이런, 어떻게 하면 베이스캠프를 제 앞마당 산책하듯 즐기는 경지에 이르는 것인가. 그러고는 두 시간여 강연 아닌 강연이 펼쳐졌는데, 거장의 경이로운 '도전' 이야기를 베이스캠프에서 하나의 침낭을 서로 덮어 가며 다시 들을 줄이야 상상이라도 했겠는가.

캠프3에 한 번 더 다녀오기로 했다. 통상 캠프3 적응은 한 번으로 끝내지만, 일정과 적응 효과를 극대화하기 위해 내려진 결정이다. 마음속으로는 가지 않기를 바랐지만 그럴 수 있는가. 두려움을 없애려 컨디션 좋은 상태로 잘 오르는 내 모습을 스스로 상상했다.

히말라야 35일 차, 흉한 내 모습

거울에서 내 모습을 보았다. 흉했다. 입술은 부르트고, 코는 시커멓게 변색되고, 얼굴 껍질이 일어나고, 피부는 거칠었다. 여기를 떠나고 싶다. 육체가 겪을 수 있는 극한의 고통이다. 모레의 출정이 두렵다. 벗어나고 싶을 정도로. 여기는… 사지다. 출정을 앞두고 라마제단 옆에 의자를 놓고는 촐라체, 로부체, 디부체로 지는 노을을 바라보았다. 사무칠 듯 아름담다. 마음속으로 다짐한다. 내가 오르지 못해도 후회하지 말자. 충분히 열심히 했다. 근데, 오를 수 있을까… 내가.

히말라야 38일 차, 다시 출정

■ 02:40 캠프1로 출발, 08:30 캠프1 도착

(날씨가 좋지 않아 하루를 연기하여 오늘 오른다.) 또다시 출정이다. 궂은 날씨를 피해 이날 캠프3까지의 2차 고소 적응 훈련을 위해 원정대는 다시 아이스폴을 오른다. 캠프1에 오르는 시간이 점점 줄어들고 있다. 이제는 쉬지 않고 바로 캠프2로 향한다.

■ 08:45 캠프2로 출발, 13:00 캠프2 도착

컨디션이 좋았다. 캠프1을 건너 곧바로 캠프2로 향했다. 1박2일에 오른 거리를 열 시간에 주파했다. 그래도 기진맥진하여 도착했다. 남구는 나보다 훨씬 일찍 도착하여 나를 마중 나와 내 배낭을 들어 준다. 100미터는 족히 넘는 마중 길이다. 남구는 세르파가 다 됐다. 벽래 형은 컨디션이 좋지 않아 저녁도 잘 드시지 못했다. 유난히 추위를 많이 타신다. 새벽에 몇 번 깨는 소리를 들었지만 내가 해줄 수 있는 건 아무것도 없었다.

히말라야 39일 차, 북극곰 운동

남자 셋이 하루 종일 텐트 안에서 시간을 같이 보냈다. 볼일 볼 때 빼고는 나가지 않았다. 북극곰 운동은 양반다리를 하고 편히 앉은 상태에서 고개를 숙이고 두 손을 사타구니에 두어 좌우, 앞뒤로 상체를 움직이는 어처구니없는 운동이다. 이 운동은 시간 때울 때, 얘깃거리가 다 떨어졌을 때, 매우 추울 때, 긴장될 때, 호흡을 고를 때 하면 매우 효과가 좋다. 하루 종일 했다.

히말라야 40일 차, 후퇴

■ 07:00 캠프3로 출발

캠프3에 두 번째 오른다. 이제 적응될 만도 하지만 여전히 가빠 오는 숨은 참기가 어렵다. 벽래 형과 남구는 잘도 걸어서 저 멀리 앞서간다. 캠프2를 출발해 로체페이스 초입에 다다르기까지 에베레스트의 변화무쌍한 날씨를 모두 경험했다. 결국 로체페이스 3분의 1 지점에서 눈보라와 악천후로 후퇴를 결정하고 캠프2로 귀환했다. 이제 베이스캠프로 내려가면 등정만이 남는다. 오를 수 있을까. 끊임없는 질문을 다시 한다.

히말라야 41일 차, 히든 크레바스

정상을 위해서 다시 이곳을 오르리라 생각하니 하산길이 비장했다. 몬순기(우기철, 히말라야 몬순기는 6월 초부터 시작되는데, 이때는 눈보라가 극심하여 제대로 등반할 수가 없다)를 앞둔 터라 올라갈 때와는 전혀 다른 지형으로 바뀌어 있다. 빙하가 무너지고 끊어져 완전히 다른 길이 돼 있었다. 캠프3에서 캠프2로 내려오는 길에 나는 히든 크레바스에 빠졌다. 오줌을 쌀 뻔했다.

히말라야 42일 차, 하얀 능선

어린이날인 만큼 센티해진 마음을 달래려 그랬는지 이날 밤 우리는 앞으로 계획에 대해 밤이 새는지 모르고 대화를 했다. 즐거운 밤이었다. 벽래 형은 금정산 자락에 '하얀 능선'이라는 카페를 연다고.

히말라야 43일 차, 아들의 생일

셰르파들은 새벽에 캠프4 설치를 위해 떠났다. 내일은 등정을 위한 마지막 휴식차 페리체로 내려가 남은 체력을 끌어올릴 것이다. 오늘은 아들의 두 번째 생일이다. 아들에게 엽서를 써 다른 팀 정부연락관 편으로 보냈다. 이제부터는 마음을 비우는 연습, 내려가는 연습을 할 것이다.

허한 마음을 억누르지 못해 겔젠의 텐트에 들어가 목이 쉬도록 노래를 불렀다. 답답한 마음이 한결 나아졌다. 겔젠이 아들의 생일을 몰랐음에도 저녁에 잡채를 기막히게 내왔다. 축하를 아비가 받은 셈이다. 이제부터는 마음을 비우자. 나도 모를 욕심을 사전에 억누르는 연습을 시작한다.

엽서는 7년이 지난 지금도 여전히 배달되지 않고 있다.

히말라야 44일 차, 산소의 소중함

셰르파들은 새벽에 캠프2에서 캠프4로 떠났다. 원정대는 마지막 힘을 모으기 위해 페리체로 내려간다. 이날 하루 만에 페리체에 도착했는데 마치 산소를 양껏 틀어 놓은 느낌이었다. 아, 이리도 좋은 걸.

히말라야 45~46일 차, 내 이름은 '다와 라마'

원정 이후 초코케이크를 처음으로 맛보았다. 잊지 못할 맛이다. 삼겹살로 저녁을 먹었는데 역시 잊지 못할 밤이다. 엄홍길 대장님을 만났다. 다부진 몸에 말을 아끼던 모습이었다. 서울팀의 김학규 선배님은 병원에서 진찰을 받았고 페리체 휴식 내내 우리와 함께했다. 페리체 병원 의사가 예쁘다는 말에 다음 날 우르르 몰려갔는데, 의사는 없고, 몸무게만 측정하고 나왔다.

이날 셰르파들에게서 새로운 이름을 하사받았다. 남구는 니마 도르지,

나는 다와 라마. 좋은 이름이다. 셰르파들의 이름은 태어난 요일에 맞춰 짓는다고 한다. 월요일은 다와(Dawa), 화요일은 밍마(Minma), 수요일은 락파(Lhakpa), 목요일은 푸르바(Purba), 금요일은 파상(Passang), 토요일은 펨바(Pemba), 일요일은 니마(Nima)다. 페리체에 가거든 꼭 쿰부 로지에 들러 그날 그때 우리의 큰 웃음을 기억해 주시라. 다와 라마. 언제 들어도 정다운 이름이다. 안 그러니, 니마야?

히말라야 49일 차, 대반격

5월 10일, 페리체에서 휴식을 마치고 로부체에서 1박을 한 후 어제 베이스캠프에 다시 입성했다. 모든 것은 그대로지만 예전의 두려움은 이제 없다. 오늘 하루는 쉬고 내일 새벽 캠프2로 바로 올라갈 예정이다. 날씨 정보에 더욱 예민해지고 각국의 정보를 수집한다. 모두들 비장하다.

히말라야 50일 차, 나는 셰르파다

■ 01:30 등정을 위해 출발

컨디션이 좋다. 출발 전 라마제단에 엎드려 절을 했다. 대원들의 비장함은 극에 달하고, 남아 있는 대장님과는 어쩌면 마지막일 수도 있다는 생각에 뜨거운 포옹을 한다. 한밤이라 아이스폴 초입을 찾기가 매우 힘들다. 자주 다닌 길임에도 지형이 완전히 변해서 모든 것이 새로웠다.

■ 06:30 캠프1 도착, 09:00 캠프2 도착

이럴 수가 있나. 여덟 시간이 족히 넘어 걸리던 캠프1을 다섯 시간 만에 주파한다. 남구는 네 시간 정도 걸렸다. 모두들 체력은 바닥이지만 정신력 하나만큼은 최고다. 곧장 캠프2로 달려 두 시간여 만에 도착한다. 비장한 만큼 컨디션도 좋다. 원정대는 쉬지 않고 내일 캠프3로 진출할 예정이다. 신의 가호가 함께하기를.

히말라야 51일 차, 돌아설 수 있는 마음의 준비

■ 06:00 캠프3로 출발, 09:00 로체페이스 초입 도착

어제 잠을 자면서까지 '나는 셰르파다'라는 주문을 외웠다. 혼자 중얼거렸다. 로체페이스 초입 지점까지 최대한 빨리 붙는 것을 목표로 출발했다. 벽래 형 체력이 점점 좋아지고 남구도 시간이 갈수록 빨라진다. 9시, 로체페이스 초입 지점에 허영호, 허재석, 김남구, 장재용이 나란히 도착한다. 벽래 형은 셰르파 속도로 앞서 달린다. 놀랍다.

■ 12:30 캠프3 도착

로체페이스에 붙으면 여섯 시간 정도 끊임없이 빙벽을 올라야 한다. 더욱이 이 지점부터는 기온이 급격하게 변하고 경사가 심한데, 날씨가 나빠지기라도 하면 배낭을 내려 우모복을 입고 벗고 하는 데 많은 어려움이 있다. 빙벽이라 물건을 놓치거나 잘못 놓아두면 곧 잃어버리는 것과 같다. 실제로 우모장갑 한 짝을 바람에 날려 먹었다. 주의해야 할 대목이다. 이제부터는 나의 영역이 아니다. 최선을 다했으니 될 대로 되겠지. 로체페이스를 오르는 데 다소 시간이 걸렸다. 빠른 속도로 고도를 높임에 따라 호흡도 가빠졌다. 매트리스가 부족하자 남구가 아래 다른 팀 텐트에서 A급으로 구해 온다(아르헨티나 원정대가 일정이 우리보다 늦어 텐트 구축만 해놓은 상태였다). 멋진 놈. 호흡이 힘들어도 식욕은 어쩔 수 없는지 다들 먹지 않는 가운데 혼자 라면을 끝까지 먹었다. 서서히 등정을 생각하지 않을 수 없다. 하지만 등정도 하기 전에 '미련 없이 돌아서자'를 중얼거리게 된다. 밖에 나가 소변을 보는데 소변이 수평으로 날아갔다.

히말라야 52일 차, 신의 영역

■ 06:00 캠프4로 출발

길은 가는 자의 몫이다. 여러 사람이 걸어가면 길이 될 거라던 중국의 혁명가 루쉰의 말이나 길을 만들어 가라던 장자의 도행지이성(道行之以成)은 모두 인생의 등로주의다. 물리적인 길조차 의지가 없다면 갈 수 없고 만들 수 없다. 희뿌연 고글 너머로 까마득한 만년설이 보인다. 바람을 따라 눈보라가 길을 지우고 있지만 사자의 아가리에 머리를 쳐넣듯 한 발 한 발 오를 것이다.

새벽에 셰르파 옹추(그는 달라이 라마 친위대 상비군을 지냈다)가 무지막지하게 산소마스크를 들이대 씌웠다. 다소 과격하지만 세심할 때는 엄청 세심하다. 든든하다. 산소 게이지를 1.5로 맞추고 올라간다. 처음 써보는 산소마스크가 불편하고 아프다. 호흡하기가 더 힘들었다. 결국 산소 게이지를 2로 맞추고 나니 좀 나아졌다. 그래도 호흡은 불편하다. 답답함은 옐로밴드 직전 극에 달했고, 힘들고 호흡도 할 수가 없어 '이건 미친

짓이다'를 혼자 중얼거리며 터덜터덜 오른다. 캠프4 직전 제네바 스퍼를 넘어야 하는데 처음 겪는 고통에 가슴이 먹먹했다. 제네바 스퍼를 넘으니 이때까지의 수직 운동이 수평 운동으로 바뀌면서 사우스 콜에 다다랐다. 이때 내 왼쪽 발목에 탈이 났음을 직감했다. 나는 절뚝거리기 시작했다.

부러져 수술했던 왼쪽 발목의 통증으로 오늘밤 등정은 힘들 것 같다. 마음을 비우자. 저녁 8시, 원정대는 정상을 향해 출발하려 했으나 텐트를 찢을 듯 바람이 분다. 사우스 콜에 운집한 원정대들은 죽은 듯이 텐트에서 꼼짝을 않는다. 고도 8,000미터에서 하루를 대기한다는 건 체력을 엄청나게 떨어뜨리는 일이다. 하지만 물러설 수도 등반을 강행할 수도 없는 상황이다. 고민 끝에 원정대는 캠프4에서 하루를 더 대기한 후 등정을 시도하기로 결정한다. 내일도 날씨가 좋지 않다면 철수해야 한다. 오직 신이 결정할 일이다.

3. 절대 포기하지 마라(등정)

히말라야 53일 차, 포기하지 마라

잠을 자도 잔 것 같지 않다. 기온은 영하 45도. 이제껏 경험해 보지 못한 희박한 산소와 낮은 기압이다. 이곳에는 눈조차 없다. 고도 8,000미터의 캠프4 지역에는 만년설도 날려 버리는 강풍이 하루 종일 분다. 그래서 밖으로 나갈 때는 작심을 하고, 반드시 도끼 한 자루를 챙겨야 한다. 혹시나 강풍에 몸을 날릴라치면 도끼를 땅에 힘껏 박고 버텨야 하기 때문이다. 하루 종일 좁은 텐트에서 벽래 형과 남구, 나, 제천팀 등반대장 이 네 명이 단 한 번도 밖에 나가지 않고 누웠다 일어났다를 반복했다. 한석규, 고 이은주 주연의 영화 「주홍글씨」가 생각났다. 두 남녀가 자동차 트렁크에 갇혀 서로 미쳐 가는 과정을 그린 영화다. 상황은 비슷하다. 하루 종일 먹은 거라곤 멀건 스프와 물뿐이다. 일단은 버티자. 버텨야 이긴다. 정상 출발을 앞두고 기상이 갑자기 안 좋아졌다. 등반을 못할 수도 있다는 생각에 오후 5시부터 시작된 긴장감은 8시쯤 극에 달한다.

■ 20:50 정상을 향해 출발

날씨가 다시 좋아졌다. 벽래 형은 출발 전 마지막 영상 기록을 남긴 뒤 나에게 나지막이 속삭였다. "절대 포기하지 마라." 메아리가 되어 가슴에 울렸다. 나는 믿는다. 그건 바람이 한 말이다. 강물과 나무와 바람이 한 말을 문명인은 믿지 않는다. 그건 미신이다. 나는 지금 문명인이 아니다.

5월 17일 오전 10시 50분, 시간이 나를 오랫동안 여기서 기다린 듯하다. 이곳에서 인자한 웃음을 하고 이 시간을 기다리고 있었던 것이다. 그 시간이 만든 각본처럼 이곳에 오르기 위해 쏟았던 힘든 지난날이 훅 하고 지나갔다. 지난날을 이 바닥에 내려놓았다. 이제부터는 이곳이 바닥이다. 땅으로부터 정상이며, 반대로 내려가기 위한 바닥이다. 정상은 바닥이기도 했다. 무엇보다 이곳에서 울어 대면 이제 숨이 차 죽겠다 싶어 하산했다. 내 안의 모든 힘은 이미 공중분해됐지만 알 수 없는 무언가가 알지 못하는 힘으로 나를 인도했다. 혼미한 정신을 부여잡고 캠프4로 하산한다. 붉은 오줌을 갈기고 스무 시간이라는 죽음의 정상 등정을 마친다.

4. 내 어이 잊으리오(하산, 귀국)

히말라야 55일 차, 남구의 동상

캠프4에서 아침에 일어나 내 몸을 더듬었다. 살아 있었다. 흐르는 눈물을 어쩌지 못했다. 항상 밝은 모습을 보였고 좀체 울지 않던 남구가 동상 걸린 발을 부여잡으며 눈물을 보였다. 한시 급히 내려서야 한다. 누구보다 열심히 올랐고 큰 도움을 주었던 남구가 동상에 걸리다니. 가슴이 아프다. 꼭 나 때문인 것 같다. 이날 나는 발목 통증을 참을 수 없었고 기력도 없어 캠프2에 머무를 수밖에 없었다. 여기서 혼자 바라본 에베레스트의 마지막 석양은 너무나도 편안했고 아름다웠다.

히말라야 56일 차, 베이스캠프, 다시 오지 못할 줄 알았다

■ 06:30 베이스캠프로 출발, 12:00 베이스캠프 도착

오매불망 꿈에 그리던 베이스캠프로 귀환했다. 다시 오지 못할 줄 알
았다. 일주일이 지나 다시 돌아오니 지형은 완전히 변했지만 따뜻하게 맞
아 주는 남구와 셰르파들의 마음은 변함이 없다. 하산하자마자 짐을 싸
야 했다. 남구의 동상이 진화되는 걸 막기 위해 헬기를 요청했던 것이다.
미리 보험에 들어서 비용은 추가로 들지 않았지만 베이스캠프의 탑승 인
원이 두 명으로 제한되는 탓에 대장님과 벽래 형은 4인 탑승이 가능한 로
부체로 빛의 속도로 내려갔다. 베이스캠프에서 나와 남구가 헬기를 타고

로부체에서 대장님과 벽래 형을 픽업해 내려갈 생각이었다. 하지만 그날 강풍으로 헬기는 뜨지 못했고 본의 아니게 이산가족이 되어 하루를 보내야 했다. 대장님과 벽래 형의 빠른 하산이 빛을 잃는 순간이다. 그날 베이스캠프는 등정을 자축하는 다른 나라 원정대들로 떠들썩했지만, 내 마음은 고요했다.

히말라야 57일차, 땅을 밟다

■ 04:30 기상

더 자려 해도 추워서 잠이 오질 않는다. 베이스캠프의 마지막 아침이다. 밤새 하얀 눈이 소복이 쌓였다. 지겹도록 보아 오던 아이스폴, 푸모리, 촐라체, 로라, 눕체와 이별을 고하며 하나씩 둘러보고 각인시킨다. 내 생애 가장 치열했던 60일이었다.

■ 08:30 베이스캠프 출발

쩔뚝거리는 남구를 부축해 베이스캠프 헬기 도착 지점까지 갔다. 마지막이라 생각하니 모든 걸 놓치지 않으려 눈으로 사진을 찍으며 간다.

■ 15:00 카트만두 도착

방금 전 흰 산과 얼음 천지였던 시야는 몇 시간 만에 북적거리는 도시로 바뀌었다. 두 달 만의 카트만두다. 어찌 이리 반가울까. 남구를 바로 입원시켰다. 병원은 생각보다 깨끗하고, 의료 수준도 동상에서만큼은 한국보다 월등히 좋은 것 같다. 남구를 병원에 두고 대장님과 벽래 형, 나

는 옥류관에서 서로의 등정을 축하하며 간만에 소주를 들이켰다. 꿀을 탔을까. 소주 한잔에 온몸을 부르르 떨며 전율했다. 랭면도 다시 먹었다.

히말라야 58〜60일 차, 타베이 준코의 피켈

14좌를 모두 정찰하겠다는 목표 아래 북중부 네팔 포카라로 향했다. 페와 호수에 비친 안나푸르나 2봉과 마차푸차레(6,993미터, 물고기 꼬리라는 뜻이다. 신성을 간직한 산이라 믿기 때문에 등반을 허용하지 않는다)는 환상적이다. 2006년 가셔브룸 1, 2봉 등정 시 우리 팀 쿡이었다는 처링을 만났다. 벽래 형과 유난히 친분이 있었기에 오랜만에 만난 악우를 서로 매우 반가워했다. 하지만 이제 산에 다니지 않는지, 그는 땅의 생활에서 안정을 찾고 있었다. 그는 네팔에서 한국 요리로 정평이 나 있는데, 허영만 화백의 『식객』에도 등장해 한국인들에게 꽤 인지도가 있다. 그가 끓여 준

라면은 매우 맛있었지만 매웠다. 다음 날 붉은 똥을 쌀 만큼.

네팔 포카라에는 국제산악박물관이 있다. 이 박물관은 웅장하며, 좋은 정보들과 볼 것이 많다. 우리와 비슷한 유전자를 지닌 사람들의 역사가 있다. 박제된 유리관 속에서 교감이 느껴진다. 세계 최초로 에베레스트를 오른 일본 여성산악인 타베이 준코의 피켈 앞에서 한참을 움직일 수 없었다. 그녀의 때묻은 피켈이 내게 말을 걸어온다. 꿈꾸고 있는가? 가만히 눈으로 그 피켈을 어루만진다.

히말라야 61일 차, 코펠밥 먹는 이들

포카라에서 돌아와 같이 등반했던 바름산악회 분들과 함께 저녁을 했다. 모두들 시커먼 얼굴로 서로의 등정을 축하해 주었지만 이번 시즌 한국팀 전체의 희생은 적지 않았다. 허영호 대장님이 이끄는 제천팀에서 설맹 환자가 두 명 나왔고, 바름산악회에서도 한 명이 동상 사고를 입었다. 거기다 우리 팀 남구도 동상을 입는 등 에베레스트에 내준 동료들의 아픔이 만만치 않다. 저녁은 고 박영석 선배님이 운영했던 카트만두 빌라 에베레스트에서 먹었다. 같이 코펠밥 먹는 이들의 정을 여기서 확인한다.

히말라야 62일 차, 영혼의 고향

홀리 여사의 대리인이 방문해 등정하기까지의 모든 것을 인터뷰해 갔다. 평화로운 하루였다. 네팔에서는 뛰는 사람이 없다. 화내는 사람도 보지 못했다. 인류 영혼의 고향은 그냥 만들어지는 게 아닌 모양이다. 부처

님께서 태어나셨다는 룸비니는 네팔에 있다.

히말라야 64일 차, 마지막 밤

저녁을 먹고 다들 가족과 지인에게 줄 선물을 사러 다녔다. 나도 세 살 난 아들의 겨울 우모복을 샀다. 나중에라도 아들이 이 옷을 입고 학원 같은 곳에나 다니며 지질하게 살지 않기를 바랐다. 나무 사이를 웃으며 뛰어다닐 아들놈을 생각했다. 네팔에서의 마지막 날이다. 아쉽다. 조용하다. 많이 그리울 것 같다.

히말라야 65일 차, 내 어이 잊으리요

저승사자들을 만난 자리에 살아서 다시 돌아왔다. 떠나는 네팔 공항에서 그들과 작별하며 눈물을 보일 뻔했다. 보였어도 될 뻔했다. 아쉬운 마지막이다. 겔젠이 주뼛주뼛 다가와 나에게 CD 한 장을 건넸다. 「레썸 삐리리」란다. '로부체 로지에서 너에게 고마웠다'는 말을 덧붙였다. 공항으로 들어왔는데도 한참을 떠나지 않고 까치발로 우리를 살피는 그들이 보였다. 바보같이 그제야 글썽이는 눈물이 시야를 방해한다.

내 어이 잊으리요.
그대들과 함께했던 꿈같은 산행을
잘 있거라. 에베레스트여, 네팔이여.
내 다시 오리니.

공항에 많은 사람이 나와 환영해 주었다. 활짝 웃으며 서 있는 아내를 보았다. 아들은 내게로 오는 길을 돌려 엄마 품에 안기기를 몇 번 하더니 내 허벅지를 슬며시 잡고는 떨어지지 않으려 꼭 붙든다. 나를 알아볼까 싶었던 세 살배기 아들이 내 옆에서 안아 달라 보챈다. 꽃다발을 한 손으로 옮기고 아들을 번쩍 들어 안았다. 눈물을 거둔 뒤 카메라를 향해 가슴을 지그시 폈다. 눈에는 눈물을, 입에는 미소를 머금은 어정쩡한 얼굴을 하고 터지는 플래시와 환호를 꿈같이 보고 들었다.

딴짓해도 괜찮아

지은이 | 장재용

초판 1쇄 인쇄일 2017년 10월 10일
초판 1쇄 발행일 2017년 10월 20일

발행인 | 한상준
편집 | 김민정 · 윤정기
마케팅 | 강점원
표지 디자인 | 조경규
본문 디자인 | 김성인
종이 | 화인페이퍼
제작 | 제이오

발행처 | 비아북(ViaBook Publisher)
출판등록 | 제313-2007-218호(2007년 11월 2일)
주소 | 서울시 마포구 월드컵북로6길 97 2층(연남동 567-40)
전화 | 02-334-6123 팩스 | 02-334-6126 전자우편 | crm@viabook.kr
홈페이지 | viabook.kr